Frau R.

In meinen Worten...

Nachtgedanken –
  Leuchtstreifen

AF169784

Das Vollkommene liegt im Unperfekten

(*Frau R.*)

Ebenfalls von Frau R. erschienen:

„Wenn ein Fremder Schneewittchen wach küsst…
Die Verwandlung zum Vollblutweib"
(ISBN 978-3-7357-5065-5)

„Mit rasierten Beinen spricht sich's besser!
20 Dates in 40 Tagen"
(ISBN 978-3-7347-2810-5)

Frau R.

In meinen Worten...

Nachtgedanken – Leuchtstreifen

> Ja, ich bin eine erwachsene Frau,
> aber ich glaube wohl doch noch
> an Märchen – solange,
> bis ich gestorben bin!
>
> (Frau R.)

Bibliografische Information der Deutschen Nationalbibliothek:
Die Deutsche Nationalbibliothek verzeichnet diese Publikation in der Deutschen
Nationalbibliografie; detaillierte bibliografische Daten sind im Internet über
www.dnb.de abrufbar.

Copyright © 2015 Julia Riegler

Copyright © 2015 alle Bilder Julia Riegler

außer (mit freundlicher Genehmigung):

Coverfoto "Himmel über Würzburg" und Bild "Leuchtturm":

Copyright © Andreas Pilhofer

Alle Rechte vorbehalten.
Das Werk darf – auch teilweise –
nur mit Genehmigung der Autorin wiedergegeben werden.

Herstellung und Verlag:
BoD – Books on Demand, Norderstedt

ISBN 978-3-7392-1119-0

Aus meinem Herzen – von Herzen

*Für die,
die ich liebe
und die mich lieben*

In meinen Worten...

Ich bin Frau R.

Ich kann nachts nicht schlafen... deswegen schreibe ich.

In der Nacht sprudeln die Worte aus mir heraus, geben erst Ruhe, wenn das letzte zu Papier gebracht ist. Was ich am Tag nicht sage, erzähle ich „In meinen Worten..." in der Nacht.

Ich liebe meine Nachtgedanken, sie sind meine Leuchtstreifen am Horizont in der Nacht. Oft schreibe ich sie schweren Herzens, aber sie aus mir herausgesprudelt sind, fühle ich mich erleichtert und werde ruhig, dann ist der Sturm in mir vorüber.

Meine Nachtgedanken kann man ab und zu auf meiner Facebook-Seite lesen, denn manchmal wollen sie raus in die Welt. Dieses Buch ist entstanden, weil mir eine Leserin schrieb:

„Ich finde mich in Deinen Worten wieder – jeden Tag! Ich lache und weine, schmunzle und ärgere mich mit Dir. Deine Worte berühren und trösten mich, weil ich mich in ihnen wiederfinde... Ich würde sie gerne als Buch meiner Freundin schenken."

Gibt es etwas Schöneres als wenn sich jemand „In meinen Worten..." wiederfindet und von ihnen getröstet wird?

In der Nacht liege vielleicht nicht nur ich manchmal wach und kann mit vollem Kopf und leerem Herzen nicht schlafen, weil meine Gedanken toben. Vielleicht finde ja nicht nur ich dann „In meinen Worten..." Trost und Erleichterung, fühle mich weniger allein...

Deswegen hältst Du jetzt „In meinen Worten..." in der Hand – meine Liebesbriefe ans vollkommen unperfekte, wundervolle Leben.

Komm gut durch die Nacht (und natürlich auch durch den Tag),

Deine Frau R.

Mein Heute und mein Morgen

Und wieder eine schlaflose Nacht...
aber es gibt schlimmeres als meinen Schlaf
an Dich zu verschwenden.
Überhaupt scheint mein ganzes Leben
nicht lange genug,
um es mit Dir zu verschwenden.
Dabei weiß ich doch,
dass es für uns nur das Heute gibt.
Und heute gebe ich Dir alles was ich habe: mich.
Doch selbst, wenn wir nicht mehr haben als dieses Heute,
würde ich mich wieder so entscheiden.
In jeder Version unserer Realität würde ich Dich wiederfinden
und mich wieder genauso entscheiden –
für das heute hier mit Dir.
Du erinnerst mich an meine Schönheit,
wenn ich mich hässlich fühle,
an meine Ganzheit, wenn ich zu zerbrechen drohe,
an meine Unschuld, wenn ich mich schuldig fühle
und an mein Ziel, wenn ich es aus den Augen verliere.
Du erinnerst mich an mich, weil Du Dich erinnerst.
Du zeigst mir,
dass Heimat kein Ort, sondern ein Gefühl ist,
dass Herzschläge nicht gehört, sondern gefühlt werden
und dass Zeit in Momenten gemessen wird.
Du warst mein Gestern, bist mein Heute,
wer braucht da schon ein Morgen?
Jeden Tag aufs Neue entscheide ich mich für Dich.
Und ich sage es, sage es, bevor es zu spät ist!
Wer weiß schon, ob es noch ein Morgen gibt?
Ich sage es Dir:
„Falls Du Dich heute nicht mehr für mich
und ich mich nicht mehr für Dich entscheide,
ich würde es dennoch wieder tun – jederzeit!"
Wer braucht schon Schlaf,
wenn man im Morgengrauen den neuen Tag begrüßen kann?
Du bist mein Heute
und vielleicht ja sogar mein „Morgen"...

Ein Hoch auf die Ehrlichkeit

Für mich ist es völlig in Ordnung, dass ich als „Vollblutweib" mit ordentlich Hüften, Bauch und Brust nicht jedermanns Geschmack treffe. Es findet ja jeder Topf irgendwann sein Deckelchen und von daher kann ich sehr gut damit umgehen, wenn ein Mann mit so viel Frau wie mir ein Problem hat.

Gut, jetzt haben viele Männer generell mit „starken" Frauen ein Problem, was bei mir noch erschwerend zum Gewicht hinzukommt, aber das ist ein anderes Thema für einen anderen Text.

Zurück zum eigentlichen: Es ist völlig in Ordnung, dass ich auf Männer (oder manchmal auch Frauen) treffe, denen ich zu viel bin. Auch mir geht es ja so, dass mich manche Männer mehr ansprechen als andere. Auch ich habe wohl ein Beuteschema und ich gestehe, auch wenn ich jetzt Gefahr laufe oberflächlich zu wirken, dass auch ich eher auf „normal" (was ist schon normal???) gebaute Männer stehe. Das liegt aber daran, dass mein ästhetisches Empfinden sich bei zwei dicken Menschen zusammen einfach sperrt. Ich mag also schlanke Typen. Das heißt aber nicht, dass ich einen kräftigen Mann als Partner generell ausschließen würde. Das heißt nur, dass ich verstehen kann, warum eben nicht jeder auf mich steht, stehen kann und das auch gut so ist. Oft genug war das Grund für Debatten, denn schließlich kommt es ja auf die inneren Werte an, oder? Aber ganz ehrlich?! Was nützen mir meine inneren Werte, wenn ich mir jedes Mal, wenn ich nackt aus dem Bett aufstehe, Gedanken darüber machen muss, ob mein Partner jetzt gerade gut findet, was er da sieht? Wenn „mein Mann" aufsteht, um nackt ins Bad zu gehen, will ich ihm auch debil grinsend hinterherschauen und „MEINS!" denken, will mich an dem ergötzen, was ich schön finde. Warum sollte es den Männern da mit mir anders ergehen?! Außerdem habe ich keine Lust mich zu verhüllen oder darüber nachzudenken, ob da jetzt gerade eine Cellulitis-Delle zu viel ist oder meine Brust hängt! Andererseits verspreche ich auch großzügig im Gegenzug über das ein oder andere Haar am Rücken hinwegzusehen.

Fazit des Ganzen ist doch, dass Schönheit im Auge des Betrachters liegt! Wenn ich meinen Partner körperlich und menschlich anziehend finde, dann kann ich absolut über das ein oder andere hinwegsehen. Nur habe ich selbst schon die Erfahrung gemacht, dass es eben nur eine Zeitlang gut geht, wenn man den anderen körperlich nicht anziehend findet. Deswegen ist es mir sehr lieb, wenn mir ein Mann von Anfang an sagt, dass er mit „Dicken" nichts anfangen kann – das ist ehrlich und erspart uns einen Haufen Zeit. Denn mein Charakter reißt es auch nicht raus, wenn er meinen Körper nicht mag und ich will einen Mann, der für mich und meinen Körper brennt, der mich anfassen will, mich sexy findet.

Was für mich sexy ist? Ein Sinn für Humor, Abenteuerlust, die Leidenschaft, die in jemandem brennt, Offenheit, Selbstbewusstsein, Feingefühl, der Hunger nach mehr, Empathie, emotionale Nähe. All das macht einen Menschen für mich sexy und sexy… sexy hat überhaupt nichts mit dem Aussehen zu tun!

Es ist völlig in Ordnung auf einen gewissen Typ Mensch zu stehen – das ist nicht oberflächlich! Oberflächlich wird es erst dann, wenn ich einen Menschen nur von seinem Aussehen her attraktiv finde, und sein Inneres absolut nebensächlich für mich ist! In jedem Menschen steckt etwas, das sexy ist!

Dafür muss man nicht dem gängigen Ideal entsprechen oder im klassischen Sinne „gut aussehen" – dazu gehört nur, dass man etwas aus sich macht und sich mit sich selbst wohl fühlt – irgendjemand da draußen, wird dann genau das und damit DICH sexy und anziehend finden!

Genau aus dem Grund, bin ich sehr froh, wenn Männer mir sagen, dass sie so gar nicht auf kräftige Frauen stehen und mich dann beim näheren Kennenlernen doch irgendwie sexy finden! Nur nackt, nackt werden die mich sicher nie zu sehen bekommen! Nicht weil ich mich ob meines Körpers schäme, sondern weil ich keine Lust auf einen Mann habe, der meine inneren Werte so toll, meinen Körper aber furchtbar findet!

Ein Hoch auf die Ehrlichkeit!

Gefühlschaos

Es gibt so Tage,
da fühle ich alles auf einmal,
eine Sturzflut an Emotionen.
An anderen Tagen,
fühle ich gar nichts,
bin nur von einer großen Leere erfüllt.
Ich weiß überhaupt nicht so recht,
was schlimmer ist:
in den Fluten ertrinken
oder am Durst sterben?
Dabei weiß ich doch eigentlich ganz genau
was ich will:
die Art von Liebe,
wo man nie weiß,
was als nächstes passiert,
man aber trotzdem darauf vertrauen
und daran glauben kann,
dass alles gut sein wird.
Die Art von Liebe,
die nicht verzerrt oder gestellt ist,
sondern echt, rein und ehrlich.
Es gibt so Tage,
da fühle ich alles
und an anderen fühle ich nichts –
nichts macht mich glücklicher
und nichts macht mich nachdenklicher zugleich.

Welchen Wolf fütterst Du?

Eines Abends erzählte ein alter Cherokee-Indianer seinem Enkelsohn am Lagerfeuer von einem Kampf, der in jedem Menschen tobt.
Er sagte: „Mein Kind, der Kampf wird von zwei Wölfen ausgefochten, die in jedem von uns wohnen.
Einer ist böse. Er ist der Zorn, der Neid, die Eifersucht, die Sorgen, der Schmerz, die Gier, die Arroganz, das Selbstmitleid, die Schuld, die Vorurteile, Minderwertigkeitsgefühle, die Lügen, der falsche Stolz und das Ego.
Der andere Wolf ist gut. Er ist die Freude, der Friede, die Liebe, die Hoffnung, die Heiterkeit, die Demut, die Güte, das Wohlwollen, die Zuneigung, die Großzügigkeit, die Aufrichtigkeit, das Mitgefühl und der Glaube."
Der Enkel dachte eine Zeit über die Worte seines Großvaters nach und fragte dann:
„Welcher der beiden Wölfe gewinnt?"
Der alte Indianer antwortete:
„Der, den du fütterst."

Unser Leben wird bestimmt von Neid, Missgunst, Eifersucht, Gier... warum nur füttern wir genau diese Dinge, anstatt uns mit dem Schönen zu beschäftigen? Verlernen wir im Laufe der Zeit uns auf die positiven Dinge zu besinnen? Werden wir nicht schon als Kind darauf konditioniert uns mit anderen zu messen? Sei es bei den Noten, den Bundesjugendspielen oder anderen Dingen – ständig müssen wir beweisen, dass wir gleich gut oder gar besser sind. Keiner will der Loser sein.

Nur leider gibt es halt immer jemanden, der größer, besser, begabter, talentierter ist als man selbst – in den seltensten Fällen ist man die Nummer 1 und das Ganze wird ja mit den Jahren nicht besser – es kommen schlechte Erfahrungen hinzu, Frust und all das, was uns täglich die Entscheidung treffen lässt, welchen der Wölfe wir füttern.

Aber warum nur füttern wir den „bösen Wolf" zu oft und lassen den guten verhungern?

Ist es nicht absurd, dass wir ganz genau wissen, wie wir die Monster in unseren Köpfen stärken, wie wir sie füttern, groß machen und ihnen Raum geben, aber aus Gründen, die ich bislang noch nicht herausgefunden habe, nicht den Hauch eines Schimmers haben, was wir mit all der Liebe machen sollen, die in uns steckt?

Natürlich kann man nicht jeden Tag die Entscheidung treffen den guten Wolf zu füttern, es wird immer Tage geben, an denen man dem bösen Wolf einen Fleischbrocken zu wirft – aber genau an diesen Tagen ist es wichtig, dass wir uns auf die Wölfe in uns besinnen und darauf, was richtig und falsch ist!

Wenn wir es selbst nicht erkennen können, sollten wir uns zumindest mit Menschen umgeben, die wissen, wie man den guten Wolf füttert!

Und wenn wir Freunde, Familie, ein Umfeld haben, das vergessen hat, wie man den guten füttert und vermehrt dem bösen Wolf Futter gibt, dann sollten wir sie lehren, dass man auch den anderen Weg einschlagen und täglich seine Entscheidung aufs Neue treffen kann und darf.

Wir sollten uns den bösen Wölfen mutig entgegenstellen!

Ich mag Wölfe übrigens... was für wundervolle Tiere!

Was ich mag...

Ich mag die Gänseblümchen
auf der Wiese vor meinem Haus
und den Spatz,
der sich immer wieder auf mein Fensterbrett verirrt.
Ich mag weiße Blumen
und roten Wein
und ja, ich mag Sonne und die stürmische See.
Ich mag ein herzliches Lachen
und 48 Blödsinnigkeiten gleichzeitig.
Ich mag ernste Töne
und tiefsinnige Gedanken.
Ich mag den Moment,
der immer einzigartig sein wird.
Ich mag menschliche Schwächen
und Unvollkommenheit.
Ich mag es, ich sein zu dürfen –
ohne Wenn und Aber.
Ich mag es mich fallen lasse zu können –
wohin auch immer.
Ich mag es noch viel mehr,
wenn man mich dann bitte wieder auffängt.
Und Dich,
Dich liebe ich –
weil Du bist,
wie Du bist
und Du mich sein lässt,
wie ich bin.

Small Talk

Ich hasse „Small Talk"!
Das steht mir auch gar nicht - ist mir zu oberflächlich,
als dass ich Worte dazu finden möchte.
„Schönes Wetter heute"
„Was macht der Job?"
„Wie geht's Dir?"
Oh Mann! Diese Belanglosigkeiten nerven mich so!
Ich will mich mit Dir über das Leben unterhalten,
über den Tod, über Sex und Magie,
über den Sinn des Lebens,
darüber was Dich und mich bewegt.
Ich will darüber reden, was uns ausmacht,
wer wir sind.
Haben wir schon über ferne Galaxien gesprochen?
Hast Du mir Deine Lügen gebeichtet
und von Deiner ganz eigenen Wahrheit erzählt?
Ich würde es im Gegenzug auch tun!
Welche Eigenschaft magst Du so gar nicht an Dir?
Was ist Dein Lieblingsduft?
Was erinnert Dich an Deine Kindheit?
Was ist Heimat für Dich?
Erzähle mir, was Dich nachts wach hält,
von Deinen Unsicherheiten und Ängsten.
Ich mag Menschen,
die nicht nur Tiefe haben, sondern diese auch zeigen,
sie mit mir teilen.
Menschen,
die mit Gefühl von ihren Gefühlen sprechen,
die verrückt sind, deren Verstand verdreht ist,
die anders sind.
Lass uns die ganze Nacht hindurch Gespräche führen,
reden, lachen, weinen.
Wenn interessiert dann schon noch ein einfaches „Wie geht's?"

Weil es richtig ist

Heute bin ich in der Lage,
Dir zu sagen:
Ich habe Dich geliebt!
Wir hatten eine verdammt
geile Zeit miteinander.
Es ist vorbei,
aber irgendwie wird es nie vorbei sein.
Wir werden in unserer Geschichte weiterleben.
Auf eine ganz bestimmte Art,
wird es nie enden und ich weiß,
ich habe Dich wirklich geliebt!
Das sage ich Dir und
das meine ich genau so.
Mein Lieber,
das mit uns,
das war einzigartig und besonders.
So was kann gar nicht profan enden -
es lebt einfach weiter in uns.
Dennoch es ist vorbei
und heute bin ich in der Lage,
Dir zu sagen:
Ich bin froh,
dass es vorbei ist!
Ich habe es lange nicht erkannt,
weil es großartig war mit Dir und
ich Dich geliebt habe,
aber es ist richtig,
dass es vorbei ist.
Mach's gut!

Hin hören

Wenn jemand Dich in seinem Leben möchte, dann räumt er Dir darin auch einen Platz ein.

Das ist nichts wofür Du kämpfen oder worum Du bitten müssen solltest.

Niemals, wirklich niemals solltest Du an jemandem festhalten, der Dich nicht zu schätzen weiß.

Denn wenn es ihm wirklich wichtig wäre, diesem Menschen, dann räumt er Dir einen Platz in seinem Leben ein. Wie auch immer der aussehen mag.

Leider ist es so, dass sich Menschen, die sich einmal sehr nah waren, ohne besonderen Grund, große Enttäuschung oder Verrat entfremden können. Das ist wohl das traurigste was passieren kann.

Und manche Menschen sind nicht in der Lage, uns die Wahrheit über ihre Gefühle für uns zu sagen und wir müssen zwischen den Zeilen aus Worten und Taten lesen, um sie zu verstehen.

Tja, und manchmal ist einfach auch keine Antwort leider schon Antwort genug. Schweigen sagt mehr aus als man denkt. Selbst das Schweigen erzählt uns eine Geschichte - man muss nur genau hinhören! Hör' hin!

Und leider erkennt man manchmal zu spät, wenn nichts mehr geht, wie sehr man jemanden eigentlich geschätzt hat, ihn nur nicht zu schätzen wusste...

Wenn Dir jemand keinen Platz in seinem Leben einräumt, dann mach einen Haken dran.

Hör' hin!

Diese kleinen Momente...

Es braucht nicht viel, um glücklich zu sein!

Manchmal ist es eine Pizza aus dem Karton, am Lieblingsplatz mit einem Menschen, den Du magst.
Oder eine Decke, zwei Bier, Kerzen und auf die Lichter der Stadt blicken.
Es kann eine sanfte Berührung sein.
Ein gepostetes Lied, von dem Du genau weißt, es ist für Dich.
Eine Nachricht, die sagt:
"Ich denke an Dich".
Haut an Haut.
Jemand, der da ist, wenn es darauf ankommt.
Ein tiefer Blick, der die Welt kurz anhält.
Ein Kuss, der sogar die Zehenspitzen erreicht.
Ein zusammen gesungenes Lied.
Eine SMS, von der man sagen kann:
"Mein Handy liegt auf meinem Herzen mit deiner SMS"...

Es sind genau diese kleinen Momente, die ein Lächeln ins Gesicht zaubern, die so viel bedeuten!

"If you only knew how much those little moments with you matter to me."

(Wenn Du nur wüsstest, wie viel mir diese kleinen Momente mit Dir bedeuten)

Es gibt "kleine Momente", die man nie vergisst und irgendwann wird man sich fragen:
"Erinnerst Du Dich noch?"

Ein Hoch auf die kleinen Momente und die Menschen,
die sie uns bescheren!

Deine XY...

Ich habe Angst...
Erst hatte ich Angst, es Dir zu sagen, dann Angst davor Dich zu lieben und jetzt... jetzt habe ich wahnsinnige Angst davor zu gehen, denn es wird wehtun. Es wird wehtun, weil es so viel bedeutet. Weil Du so viel bedeutest.
Dabei habe ich doch keine Ahnung, was Liebe eigentlich ist und vielleicht werde ich es auch nie erfahren.
Ich weiß nur, dass es da Dein Lächeln gibt, von dem ich nie müde werde es zu sehen, Deine Hände, die ich nicht loslassen möchte und das „Dich vermissen", das zu sehr wehtun wird, als dass ich es ignorieren könnte.
Du hast Dich in mir vergraben, in meiner Seele und meinem Körper und hast mich da geliebt, wo ich am meisten kaputt bin – hast wieder aufgebaut, was die anderen vor Dir zerstört haben. Du bist in mein Leben gekommen und hast mir gezeigt, warum es mit allen anderen vor Dir nicht funktioniert hat - mit allen anderen, die vor Dir waren, hab' ich doch immer nur Dich gemeint.
Und jetzt wird es Zeit zu gehen – ein Abschied auf Raten, kleine Schritte des „Lebwohl"-Sagens, die uns am Ende einem ins Auge sehen lassen müssen: „Es hat einfach nicht gereicht".
Würde ich es wieder tun? Würde ich es mit dem Wissen von heute wieder tun? Mich wieder so entscheiden?
Nein, ich würde alles anders machen und mich doch wieder genau für eines entscheiden: für Dich – auch wenn es für einen Moment nur einen Augenblick ist, festgehalten für die Ewigkeit.
Einmal noch will ich Dich spüren, Dir nah sein, die Adern auf Deinem Unterarm entlangfahren, das kleine Muttermal küssen, von dem nur wenige wissen dürften wo es ist, meine Hände in Deinem Haar vergraben, die Konturen Deines Gesichtes nachfahren, damit meine Fingerspitzen sie sich einprägen können, sie hoffentlich nie vergessen werden, eingebrannt auf ihnen für die Unendlichkeit, zart den Streifen Haar liebkosen, der von Deinem Bauchnabel abwärts... Deine Hände beruhigend auf meiner Brust, Dein Atem im Gleichklang mit meinem – ein Takt, der aufeinander eingespielt, so fremd und doch so vertraut ist. Einmal noch Dich riechen, den so

vertrauten Geruch einsaugen und in meiner Lunge einschließen. Einmal will ich noch mit Dir schlafen in unendlicher Zärtlichkeit und wild, rau, tobend, welterschütternd, nur ein einziges Mal in Deinem Arm einschlafen und neben Dir aufwachen, Dir so nah sein, wie wir es uns noch nie waren.
Ich muss Dich nicht in mein Herz schließen, denn der Platz dort gehört Dir – immer wird Dir ein Stück meines Herzens gehören und wenn ich mir bald selbst die Hand auflege, dann werde ich lächeln und Dich noch einmal da spüren, denn die Momente unseres „letzten Males" werden dort verewigt sein – festgehalten für die Endlosigkeit.
Ich bete, dass ich mir jede Sekunde bewahren kann, jede Sekunde des Zaubers zwischen uns, jede Sekunde dieses Abschieds, damit ich mich daran zurück erinnere wie kraftvoll und magisch es war, wie schön und zerstörerisch zugleich.
Wer wird mich tragen, wenn Du nicht mehr da bist?
Wer all meine Wogen glätten?
Wer legt meine Wellen ruhig ans Ufer?
Wer hört mir zu, nimmt mich wahr?
Wer kennt mich gut genug, um sich eine Meinung erlauben zu dürfen?
Wer gibt mir eine Richtung, ein Ziel, ein Ankommen?
Wer geht den ganzen Weg zurück, wenn wir uns verlieren?
Ich habe mich entschlossen meine Angst zu überwinden und zu gehen, irgendwann wird hoffentlich ein anderer kommen, der sich entschließt den Weg mit mir gemeinsam zu gehen.
Dich auch darüber hinaus zu lieben ist nicht nur das starke Gefühl in mir, es ist meine Entscheidung, mein Dazustehen und mein Versprechen an Dich.
Und es gibt doch Märchen! Manchmal enden sie nur einfach nicht mit „und wenn sie nicht gestorben sind...".
Wo hätte es enden können, wenn Du damit aufgehört hättest, Deinen Kopf über Dein Herz entscheiden zu lassen?
Zu viele "hätte", "könnte" und "warum" - das alles zählt nicht mehr, jetzt zählt nur noch eines und ich freue mich darauf, wir werden es mit allen Sinnen genießen.
Einmal noch, bevor ich Dich für immer verlier'...
Würde ich es wieder tun?
Jederzeit, immer wieder - keine Sekunde bereut!
Deine XY

Dein sexy Hintern

Wie sehr ich Deinen Hintern liebe!
Weißt Du eigentlich,
wie sexy er aussieht,
wenn Du mein warmes Bett verlässt,
um schnell ins Bad zu huschen?
Habe ich Dir je gesagt,
wie gerne ich Dir zusehe,
wenn Du nackt durch die Wohnung läufst?
Ich liebe Deinen Hintern –
wohlgeformt, knackig.
Wie sehr ich es bedauere,
wenn Du Dich anziehst und gehst
und ich ihn dann nicht mehr bewundern kann.
Apropos, „wenn Du Dich anziehst und gehst…"
Wirst Du irgendwann den Mut haben,
um zu bleiben?
Was nützt Dir Dein sexy Hintern,
wenn Du keinen Arsch in der Hose hast?

Die Leichtigkeit des Seins

Leichtigkeit,
das ist es, was mir gerade fehlt.
Mich einfach tragen lassen und schauen,
was auf mich zukommt.
Lächelnd den Morgen begrüßen
und mich ruhig auf die Nacht einlassen.
Kein Gefühlschaos,
einfach nur das leben was kommt.
Wissend, dass am Ende alles gut werden wird.
Egal auf welchen Weg.
Geduldig sein und Vertrauen haben,
in Dich, aber vor allem in mich.
Wie sehr ich mir das wünsche.
Keine Verzweiflung, Hoffnungslosigkeit mehr.
Stattdessen das genießen, was ist.
Mein Leben annehmen.
Trauer, Wut, Verlassensängste hinter mir lassen
und voller Zuversicht in das starten,
was da draußen auf mich wartet.
Mutig meinen Weg voran gehen –
ohne Blick zurück.
Wenn Du magst,
begleite mich ein Stück auf meiner Reise.
Wenn nicht,
wünsche ich mir die Kraft,
Dich lächelnd - in bedingungsloser Liebe –
zurück lassen zu können.
Ich weiß,
dass Du an meine Seite gehörst,
doch ich weiß auch,
dass ich dazu bereit bin alleine weiter zu gehen.
In der Leichtigkeit meines Seins,
mag ich taumeln.

Monster an die Leine nehmen

Wenn ich mal wieder nachts nicht schlafen kann, weil all die Monster der Vergangenheit aus meinem Schrank gekrochen kommen, dann kämpfe ich gegen mich selbst an. Wie gerne würde ich meine Augen schließen und einfach nur alles „gut sein" lassen, aber ich finde keine Ruhe, Gedanken drehen sich viel zu schnell, als dass ich meinen Kopf aufs Kissen legen könnte und die Angst vor den Untieren lässt mich vor Schreck in eine Starre verfallen.

Dann kann ich viel zu oft nicht verhindern, dass ich weinen muss - um mich und die, die ich verloren habe, um und für meine Lieblingsmenschen und das Elend dieser Welt, die so sinnlos und kalt erscheint.

Bei all der Grausamkeit um mich herum auf dieser komischen Welt, frage ich mich, warum wir die, die wir lieben und die uns lieben nicht viel öfter bewusst sehen, warum wir sie nicht mehr wertschätzen und ihnen einfach auch einmal sagen, dass wir sie lieben?

Sind Gefühle eine Nebensächlichkeit geworden?

Gefühle machen uns schwach und angreifbar, sie verletzen uns und doch gibt es doch nicht schöneres als sagen zu können „Ich liebe Dich" – mit allen Konsequenzen, aller Verantwortung.

Dann zerbreche ich mir des Nachts den Kopf über die unnötigen Kriege, die wir jeden Tag mit unseren Mitmenschen führen, zerbreche ihn mir über diese Welt, der alles so scheißegal zu sein scheint und ich laufe vor meinen eigenen Monstern davon – wieder und wieder.

Und ich weiß, dass auch ich meine Hände nicht in Unschuld wasche – ich habe verraten und verkauft – wenn auch zum Glück fast nie einen anderen, so viel zu oft aber mich selbst und meine Gefühle, meine Bedürfnisse.

Immer noch nehme ich mich zu wenig wahr – es ist ja auch so schwierig und je weniger ich auf mich achte, desto weniger kann ich anderen Gutes tun und schon bin ich wieder in dieser Endlosschleife gefangen, die mich zäh und bitter um mich selbst dreht.

Dabei könnte es doch alles so einfach sein – in der Theorie zumindest. In der Praxis verstecke wir uns hinter unseren Mauern, die uns unsere alten Verletzungen haben um uns bauen lassen und aus unserem kleinen Guckloch heraus, beobachten wir verängstigt, unsere „Vergangenheits-Monster", die auf leisen Pfoten umherschleichen.

Gerade nachts lauern sie besonders arglistig!

Aber gerade in der Nacht haben wir auch die größten Chancen, sie zu besiegen, zu besänftigen, sie uns vertraut zu machen und sie zu zähmen – indem wir ihnen unbeirrt in die Augen schauen und nicht den Blick abwenden.

Wenn wir ihnen nicht mehr voller Angst und Grauen begegnen, sondern sie wie einen Hund an der Leine „bei Fuß" gehen lassen, dann werden wir erleichtert auf die Knie sinken und sie unter Tränen sogar frei lassen können!

Auch die wildesten Monster wollen nur eines:
losgelassen werden und frei sein!

Wenn unsere Monster dann ihrer Wege gehen, dann können wir endlich damit anfangen uns selbst und andere wieder zu lieben!

Mach Dich mit Deinen Monstern vertraut!

Ach Liebe...

Ach Liebe... Du und ich...
unser Verhältnis ist doch ziemlich ambivalent.
Eigentlich habe ich Dich schon immer vermisst -
ganz egal, ob Du gerade da warst oder weg.
Nur irgendwie haben wir es fast nie zur selben Zeit
an denselben Ort geschafft, Du und ich.
Oder sollte ich besser sagen:
wir haben uns so gut wie nie bei derselben Person getroffen?
Ach Liebe... nicht nur unser Verhältnis ist ambivalent,
unser Timing ist auch noch verdammt schlecht.
Wenn ich Dich gebraucht hätte, warst Du nicht da.
Und wenn Du da warst, habe ich Dich nicht gebraucht.
Was ist das denn mit uns beiden?
Ach Liebe... Du machst es mir echt nicht einfach.
Und immer wenn ich denke, es geht auch ohne Dich,
zeigst Du mir wieder wie schön Du sein kannst...
für einen kurzen Moment.
Denn leider bist Du schön und grausam zu gleich.
Nein, meine liebe Liebe, ich weiß wirklich nicht,
ob ich Dich noch mag?!
Dabei dachte ich stets, „zu lieben" hätte ich eine Wahl.
Doch als ich Dir das erste Mal in die Augen sah,
hätte ich wegsehen müssen, aber ich entschied mich,
Dich genauer anzusehen
und genau das hat meine Welt ins Chaos gestürzt -
Ich habe keine Wahl „zu lieben",
denn Du nimmst mir jede freie Entscheidung.
Ständig auf der Suche nach Dir und
Deinem „Partner in Crime", der Gegenliebe,
machst Du mich rastlos und gar heimatlos.
Schließlich dachte ich sogar, ich sei Dir endlich entkommen,
hätte Dich abgelegt, wie ein altes Paar Schuhe entsorgt.
Aber Du, Du schleichst Dich immer dann heimtückisch von
hinten an, wenn ich so gar nicht mehr mit Dir gerechnet habe.
Ach Liebe... was soll das denn?
Können wir uns nicht einfach mal aussprechen, Du und ich?
Können wir nicht mal einen Konsens finden,
die ständigen Auf und Abs ablegen?

Ach Liebe... ich schwenke sogar die weiße Fahne für Dich!
Ich ergebe mich,
wenn Du nur endlich mit diesem Unsinn aufhören würdest!
Ach Liebe... ob wir je Freunde werden?
Selbst Deine kleine Schwester,
das „Verlieben" brockt mir ständig Ärger ein.
Oder ist es gar nicht Deine Schuld, liebe Liebe?
Liegt es an Amor? Schielt er oder leidet seine Treffsicherheit?
Komm, lass uns doch gemeinsam einen Schuldigen für die
ganze Misere suchen, meine liebe Liebe, Du und ich...
wir werden doch eine Lösung finden?
Liebe Liebe, wenn Du nicht da bist, vermisse ich Dich
schmerzlich und wenn Du dann da bist, schmerzt es auch.
Das ist doch nicht fair!
Ach Liebe... lass uns doch Verbündete werden?!
Ich bin es leid, ständig in Zwietracht mit Dir zu leben!
Und ich verfluche jeden Zweifel an Dir,
der sich in meine Gedanken schleicht!
Dabei bist Du doch manchmal ganz wunderbar!
Ach Liebe… komm, wenn nicht jetzt,
wann dann soll unsere Zeit sein?
Nein, liebe Liebe, ich will nur endlich bei Dir und der
Gegenliebe ankommen - haben wir einen Deal?
Überall um mich herum findet alles und finden alle zu einem
glücklichen Ende, nur mein beschissenes Happy End ist weit
und breit nicht in Sicht.
Ach Liebe...
eigentlich kannst Du mich mal ganz herzlich am A... lecken!
Seit mehr als 25 Jahren versuche ich mit Dir klar zu kommen
und Du? Dir liegt anscheinend gar nichts an einem Du und ich...
Neee, liebe Liebe, so nicht! Damit ist jetzt endlich Schluss!
Ach Liebe... es wird Zeit, dass Du endlich auch bei mir mal
Deinen Job anständig machst!
Ein bisschen Zeit gebe ich Dir noch,
bevor ich Dich fristlos entlasse!
Ach Liebe... reiß Dich mal zusammen!
Du und ich...der Beginn einer wundervollen Freundschaft?

P. S. Jetzt hätte ich doch fast diese scheiß ♥ ♥ ♥ vergessen!

Erlöse mich!

Bitte erlöse mich!
Hier, jetzt und heute!
Lass mich wieder Atmen,
lass mich tief die Luft der Freiheit einsaugen.
Hülle meine Tage in die schillerndsten Farben
und mache meine Nächte bunt.
Nur erlöse mich,
bitte erlöse mich!
Lass mich bei Dir auftanken,
wenn mir die Energie fehlt.
Betanke mich mit Leben und Glückshormonen!
Nimm mir die Dunkelheit aus meiner Seele
und erlöse mich!
Dazu braucht es nur Deine Anwesenheit,
Deine Hand, die meine nimmt.
Dein Atem auf meiner Haut!
Erlöse mich –
von dem bösen Zauber,
der mich gefangen hält.
Vertreibe meinen Alltag,
nur für einen kurzen Moment
und erlöse mich!
Verdunkle das Licht,
lass die Welt außen vor
und uns nur einen Augenblick alleine sein!
Sing mit mir,
hör mir zu,
erzähle mir, wer Du bist.
Mehr braucht es nicht –
erlöse mich!

Wenn man einfach nur seinem Herzen folgt

Ein Satz will mir nicht mehr aus dem Kopf:
„Vielleicht treffen wir uns wieder, wenn wir etwas älter sind, unser Herz über den Verstand siegt und wir frei sind – und dann werde ich die richtige für Dich und Du der richtige für mich sein. Aber jetzt bin ich das Chaos für Deinen Verstand und Du das Gift für mein Herz."
Ja, manchmal ist wohl einfach nicht die richtige Zeit für etwas, aber sollte die Vorstellung eines „vielleicht irgendwann" mich nicht trösten und hoffen lassen? Manchmal ist nicht die richtige Zeit... und deswegen musste ich manchmal einen Menschen verlassen, obwohl ich genau wusste, dass man, würde man mein Herz einstauben, um Fingerabdrücke zu nehmen, nur die von genau diesem Menschen darauf finden würde.
Dennoch musste ich mir mit einem „Gehen" selbst das Herz brechen, weil ein „Bleiben" es noch mehr getan hätte. Ich musste loslassen, obwohl ich das Gefühl hatte, mich festklammern zu wollen, das „Loslassen" mir alle 10 Finger bricht beim Versuch nicht mehr an etwas festzuhalten, was so offensichtlich keine Zukunft hat. Das Problem ist: ich wusste es zu oft zu genau - von Anfang an. Ich wusste, dass es schief gehen wird, wenn ich mich in denen einen verliebe, mit dem es von vorne herein keine Zukunft geben kann und trotzdem wollte ich es – paradox! Es war mir völlig egal, was kommt, wo es hinführt und wo es endet. Ich bin einfach nur meinem Herzen gefolgt. Und dann brach es mir wieder das Herz und die Finger – ich habe mir dicke Narben geholt, die nur langsam geheilt und nie so recht verblasst sind. Ich nahm es mit einem weinenden Auge hin, schließlich habe ich es ja genau gewusst – von Anfang an. Es dauerte eine Zeit, bis ich dann mit einem lachenden Auge an die schönen Momente denken konnte, die mir, mein "dem Herzen folgen" beschert hat.
Aber ich habe es nie bereut mich trotz des Wissens, dass es wieder und wieder schief gehen wird, verliebt zu haben.
Denn ich wusste: "Wenn der Tag kommt, an dem ich ihn nicht mehr vermisse, ist es wie aus einem schönen Albtraum aufzuwachen."
Wenn der Tag kommt...
Vielleicht irgendwann...

TRIOLOGIE

- ER – SIE – DIE ANDERE

Ich habe es getan: Ich habe verraten und verkauft, belogen und betrogen. Und wie um mein schlechtes Gewissen damit beruhigen zu können, mich von dieser Last freizusprechen, habe ich es gebeichtet - dem Menschen, dem ich das doch am wenigsten antun wollte. Dennoch habe ich es getan!

Und während ich um Vergebung bettele, mir immer wieder selbst vorwerfe, dass das nicht hätte passieren dürfen, ich mich geißele, habe ich es nur noch dadurch schlimmer gemacht, dass ich es gestanden habe.

Jetzt zeige ich Reue, versuche wieder gut zu machen, was nicht mehr gut zu machen ist. Vielleicht habe ich Glück und mir wird vergeben, es wird ein neuer Versuch gestartet.

Doch letztlich ist es wie bei einer Tasse, bei der der Henkel abbricht: Ich kannst ihn zwar wieder ankleben, aber der Riss wird auf ewig zu sehen sein und die Gefahr, dass er wird bricht wird ums 1000fache erhöht. Wenn einmal ein Bruch drinnen ist, ist es fast unmöglich diesen wieder zu kitten.

Dennoch ersuche ich um Wiedergutmachung, anstatt mir einzugestehen, dass es wohl immer wieder passieren wird – an einem anderen Ort, zu einer anderen Zeit, mit einer anderen Frau. Warum? Weil ich es nie getan hätte, wenn „alles in Ordnung" wäre, ich mich ausgefüllt, zufrieden und satt fühlen würde in meiner Beziehung. Niemals hätte ich sonst dem Tier in mir nach-gegeben, das aufgeheult hat, als sich die Gelegenheit bot. Ich hätte es in seine Schranken verwiesen und in den dunklen Kellern meiner Lust eingesperrt. Hätte es heulen und wüten lassen, aber niemals zugelassen, dass es sich wild und hemmungslos austoben darf.

Wenn es wirklich so bedeutungslos wäre, dann hätte ich doch auch geschwiegen, oder? Dann hätte ich es einfach abgehakt, hätte versucht meine Gewissensbisse zu unterdrücken, um zu retten, falls es noch etwas zu retten gibt.

Doch ich? Ich habe es gestanden, habe die Verantwortung und Entscheidung auf sie abgewälzt – ja und ich gestehe: in der Hoffnung, dass sie mir nicht verzeihen wird, sondern mutig genug, den Schlussstrich zu ziehen, zu dem ich nicht in der Lage bin.

Und nun? Selbst wenn mir verziehen wird, werde ich unter dieser Last, mit dieser Schuld weiterleben müssen und nicht nur mit meiner eigenen Reue, sie wird mir deutlich zu spüren geben, was ich falsch gemacht habe und das, was mich überhaupt dazu verführen konnte, ihm nachzugeben, wird mich immer mehr einholen – die Enge, das „Eingesperrt" sein – das Tier in mir will an die Luft, atmen können, sich ausleben... und ich sperre es nur wieder ein. Warum? Vielleicht weil es einfacher ist? Weil ich denke, es wäre so viel einfacher zu bleiben als etwas zu verändern. Weil einfach „so viel dran hängt" – was für eine Scheiße!
Dabei weiß ich, was wieder passieren wird. Es ist einfach vorprogrammiert. Ich will ihr nicht wehtun und doch wird genau das so kommen. Natürlich verdient sie Ehrlichkeit – aber dann auch auf ganzer Linie! Denn so etwas konnte nur geschehen, weil mein Herz schließlich verstanden hat, dass es doch eigentlich kein „Zurück" mehr gibt.
Oftmals tut eine unerfüllte Erwartung sehr viel mehr weh als Ablehnung oder ein Schlussstrich. Es tut nicht weh zu lügen, aber ich tu mir selbst und ihr weh, indem ich die Tatsachen verleugne. Etwas zu vergessen heilt mich nicht, aber mir selbst verzeihen, das heilt mich. Ich habe Vertrauen missbraucht und ohne Vertrauen gibt es keinen Grund weiter zu machen.
Manchmal sind Beziehungen wie Bücher: manchmal muss man sie einfach schließen und vergessen, anstatt sie immer wieder aufzuschlagen. Die Kapitel bleiben nämlich die gleichen und werden sich nicht ändern. Was mich einmal dazu bewogen hat eine Beziehung aufs Spiel zu setzen, das wird mich immer wieder verführen. Ich kann das Tier in mir nicht kontrollieren und am Ende hilft vielleicht nur bedingungslose Ehrlichkeit – ihr gegenüber und mir selbst gegenüber. Manche Dinge sind nicht mehr zu retten.
Ich kann alles akzeptieren, außer das, was für viele der „einfachste Weg" ist: das beinahe, das dazwischen, der halbe Weg. Wenn es wirklich „bedeutungslos" gewesen wäre, hätte ich es nicht erst getan!
Dennoch warte ich jetzt auf ihr Urteil, die Vergebung meiner Frau, während ich weiß, dass irgendwo da draußen sie, die, die ich nicht aus dem Kopf bekomme, auf meine Nachricht wartet, die nicht kommen wird.

Machen wir uns doch nichts vor, ich weiß es schon lange:
Du betrügst mich.
Ich müsste ja auch völlig blind, taub und dumm sein, um es nicht mitzubekommen. Zuerst war es nur der Hauch eines Zweifels, den ich aber gekonnt auf Seite schob – Du würdest das doch nicht tun, Du doch nicht! Da bist Du mit Deinen hohen Wertvorstellungen und Deiner nervigen Moral doch gar nicht der Typ für. Doch ich bekam den Gedanken nicht mehr aus dem Kopf, dass da was nicht stimmt mit Dir. Du bist abwesend, hin und wieder zieht sich ein zufriedenes, nein, fast schon glückliches Lächeln über Dein Gesicht, das da nicht hingehört – weil nicht ich es bin, wegen der Du lächelst. Zu oft bist Du nicht nur geistig abwesend, sondern kommst spät in der Nacht erst nach Hause. Glaubst Du wirklich, ich bin so blöd und merke nicht, dass Du dann nach ihr riechst?
Ich dachte ich ignoriere das einfach, das ist bestimmt nur so eine Phase. Du brauchst ein wenig Feuerwerk, nachdem wir ja nur noch Lagerfeuer-Romantik haben. „Lass ihn sich austoben!", habe ich mir gedacht, denn letztlich wirst Du bei mir bleiben. Warum? Weil ich Dein sicherer Hafen bin, Du weißt, was Du an mir und bei mir hast. Du bist zufrieden – vielleicht nicht mehr glücklich, so wie ich doch auch. Ja, es scheint alles etwas eingeschlafen, eingefahren zu sein zwischen uns, aber ich, ich bin Deine Bodenstation. Ich verkörpere das, was Du im Grunde Deines Herzens doch haben willst: Sicherheit, Heim, Familie. Außerdem sind wir finanziell aneinander gebunden. All das würdest Du doch nie aufgeben für einen Höhenflug mit irgendeiner anderen, einem dahergelaufenen Flittchen, die sich an verheiratete Männer ranschmeißt!?!
Also dachte ich, ich mache die Augen einfach weiter zu – Du wirst mich nicht verlassen. Dafür sind wir zu lange zusammen, haben zu viel gemeinsam aufgebaut. Dafür läuft es auch noch zu gut zwischen uns. Nun, ein wenig leben wir zugegebenermaßen nebeneinander her, sind mehr WG und Freunde als ein Liebespaar, aber machen wir uns doch nichts vor, wir wissen beide, dass dieses Feuer irgendwann erlischt. Soll es doch eine andere wieder in Dir entfachen, dieses Feuer –

letztlich ist es mir egal, solange Du bei mir bleibst. Und ich weiß, das wirst Du.

Außerdem hast Du es mir nicht gesagt und solange Du nichts sagst, ist es doch auch völlig bedeutungslos. Selbst wenn Du es mir sagen wirst: ich werde Dir eine zweite Chance geben! Gut, natürlich wird sich einiges ändern müssen, wir müssen raus aus unserem Trott, aber letztlich – letztlich wirst Du nicht gehen! Dafür bist Du nämlich nicht der Typ! Du bist nicht der, der den sicheren Hafen verlässt, um riskante, ungewisse Gewässer zu erkunden. Wegen einer Liebelei setzt Du uns doch nicht aufs Spiel. Also tob Dich aus, dachte ich.

Abgesehen davon ist es mir auch egal – wie gesagt, ich müsste blind und taub sein, um nicht zu bemerken, wie Du jeden Abend eifrig Nachrichten in Dein Handy tippst, Dich aus dem Haus schleichst und dieses Lächeln, immer wieder dieses Lächeln... es interessiert mich nicht. ICH bin die Frau an Deiner Seite! Und wir wissen doch beide, was allein sein bedeutet, denn wir sind zu zweit allein – und wir werden einfach so weitermachen.

Wir haben uns eingerichtet in unserem Leben – es tut ja nicht weh. Es ist altvertraut und schön. Natürlich stimmt es nicht mehr so ganz, aber keiner von uns leidet, uns ist einfach nur das Lachen abhandengekommen. Du wirst bleiben, ich weiß das. Aus Liebe ist eben Gewohnheit geworden, Leidenschaft ein Pflichtprogramm. Wir werden alt – gemeinsam. Denn alles andere wäre geradezu lächerlich. Deswegen tue ich so, wie Du, als ob nichts wäre. Mehr fällt mir dazu nicht ein. Wir bleiben einfach wie wir sind: zu zweit allein! Alles andere steht doch auch nicht zur Diskussion. Ich will und werde es ignorieren! PUNKT!

Doch je mehr Du es zu verheimlichen versuchst, versuchst mich nicht leiden zu lassen, desto mehr fällt es mir auf. Weil die kleinen, unbedeutenden Dinge plötzlich größer werden, anfangen mich zu quälen. Sie scheint nicht nur so eine Phase zu sein, mit der Du versuchst Deine Midlifecrisis zu übertünchen. Sie ist kein Ausrutscher, der mal eben so passiert, denn dafür lächelst Du zu oft dieses Lächeln, das nicht mir gehört.

Ich habe lange die Augen davor zu gemacht, aber das geht jetzt nicht mehr. Du denkst ich schlafe, als Du dich leise neben mich

legst. Ich habe mir Sorgen um Dich gemacht, auf Dich gewartet, doch Du kommst wieder aus ihrem Bett in unseres. Du riechst nach ihr. Nicht nur nach ihrem Parfüm, das in der Luft liegt – ich hasse diesen süßlichen Duft, er erinnert mich an gute Zeiten, an Jugend und an wilden Sex. Und natürlich habe ich ihre Kratzspuren auf Deinem Rücken gesehen, die Du mit Deinem T-Shirt zu verleugnen suchst – nicht heute erst. Du kommst von ihr zurück, wo Du gar nicht hättest sein sollen! Wer ist sie? Und ich schwöre mir, dass Du heute das letzte Mal von ihr zurückgekommen bist!
Natürlich weißt Du nicht, dass es mir längst genauso geht wie Dir. Du weißt nichts von dem alten Schulfreund, den ich nach Jahren wieder traf beim letzten Klassentreffen. Du weißt nicht, dass mein Seminar nur ein vorgeschobener Grund war, um ihn zu sehen und auch der Besuch bei meinen Eltern nur eine Ausrede. Wie Du Dich gefreut hast, dieses Mal nicht zum lästigen Familienbesuch antreten zu müssen. Ohne zu ahnen, dass ich mir nur das hole, was Du einer anderen gibst, während ich weg bin. Aber damit ist jetzt Schluss!
Auch, wenn ich es hingenommen habe, ich bin wütend. Ich bin wütend, denn Du bringst sie mit in unser Bett und bevor sie doch mehr wird als nur ein „bedeutungsloser F…", werde ich Dich daran erinnern, was Du mir einmal versprochen hast:
„Bis dass der Tod uns scheidet!"
Und dann werden Deine so nervigen Werte Eurem kleinen Stelldichein das Genick brechen! Ich freue mich darauf!
Bevor Du es ausssprichst, bevor sie nicht mehr nur „eine von vielen" ist, bevor Du erwägst, für sie zu gehen, muss ich Dich auf sie ansprechen. Oh ja, ich werde mir all Deine Lügen anhören und letztlich wirst Du bei mir bleiben. Solange, bis ich entscheide zu gehen – denn ich will das zwischen uns schon lange nicht mehr. Aber ICH werde gehen und den Zeitpunkt dafür bestimmen! Bis dahin wirst Du bereuen, Dich entschuldigen und dafür büßen, dass ich so lange die Augen davor geschlossen habe. Du bist weder der Typ für eine Affäre, noch der, der gehen wird. Ich kenne doch Deine Angst vor den Folgen, die es nach sich ziehen würde mich zu verlassen…
Du drehst Dich zu mir um, bemerkst, dass ich wach bin, siehst mir in die Augen und Du weißt, dass ich es weiß…
Draußen prasselt der Regen und Du beginnst zu reden…

DIE ANDERE

Ich liege wach und der Regen prasselt unablässig gegen die Scheibe – ich rede mir ein, dass er es ist, der mich nicht schlafen lässt, doch im Minutentakt starre ich auf mein Handy. Du hast gesagt, Du meldest Dich, wenn Du gut daheim angekommen bist und das müsstest Du schon vor Stunden sein, aber keine Nachricht von Dir.

Ganz weit versuche ich den Gedanken von mir zu schieben, dass Du wohl schlummernd in Deinem Bett liegst, neben und mit ihr - während ich hier auf Dein Lebenszeichen warte.

Oh ja, ich sollte das nicht tun. Ich sollte dem Film, der in meinem Kopfkino läuft keine Leinwand geben, aber ich kann nicht. Je länger das mit uns dauert, desto mehr verfluche ich die Stunden ohne Dich, von denen ich genau weiß, dass Du sie mit ihr teilst. Natürlich – mir steht keine Eifersucht zu – sie steht mir noch nicht einmal – schließlich wusste ich auf was ich mich da einlasse: etwas, was ich mir geschworen hatte nicht noch einmal zu durchleben.

Aber wie sollte ich mich auch gegen Dich wehren?

Monatelang hielt ich Abstand, weil mir die Gefahr, die von Dir ausging nur zu bewusst war. Aber irgendwann konnte ich dieser unwahrscheinlichen Anziehungskraft, die für mich von Dir ausgeht, nicht mehr entgehen. Tagelang haben wir geredet, das Für und Wider abgewogen, haben uns mit Händen und Füßen gegen das gewehrt, was da so unerklärlich und magisch zwischen uns ist. Du, weil Du nicht belügen und betrügen wolltest – ich, weil ich genau wusste, dass es nur schief gehen kann und weil ich mich nie wieder auf einen gebundenen Mann einlassen wollte.

Sicher, wenn es nur der Sex wäre, dann hätte ich mich Dir vielleicht noch entziehen können, aber von Anfang an war da viel mehr zwischen uns – unsere Gespräche, gemeinsame Interessen, Dein Blick in meine Seele, das Urvertrauen in uns.

Und doch gibt es da sie: die Frau an Deiner Seite.

Nie war sie ein Thema zwischen uns, wir haben sie totgeschwiegen und ich habe keine Ahnung wie Euer Status Quo ist – das interessiert mich auch nicht! Irgendetwas muss nicht stimmen, sonst würden wir nicht unsere wundervolle Zeit miteinander teilen. Letztlich interessiert mich nur unser Status

Quo und der sieht so aus, dass Du Dich nicht meldest und ich schlaflos auf mein Handy starre.
Heute Nacht wird mir klar, dass ich das zwischen uns beenden werde. Warum? Weil ich mich in Dich verliebt habe.
Ich muss es Dir und vor allem mir endlich eingestehen. Das war meine ureigene Grundvoraussetzung für die Sache mit Dir: sobald ich mich verliebe, beende ich es.
Warum? Weil es keinen Sinn macht, nur unnötig schmerzen wird, weil Du verheiratet bist.
Machen wir uns nichts vor, Du wirst bei ihr bleiben. Ihr habt Euch an das nebeneinander zu sehr gewöhnt, als dass eine lebensentscheidende Veränderung verlockend wäre. Außerdem will ich auch gar nicht, dass Du Dich trennst... nicht wegen mir.
Der einzige Grund für eine Trennung sollte sein, dass Du nicht Dein Leben lang neben jemanden aufwachen möchtest, den Du am Abend davor exzessiv betrogen hast, dass Du nicht neben jemanden einschlafen willst, während Du an eine andere denkst.
Der einzige Grund für eine Trennung sollte sein, dass Du Dir dein bisschen Leben mit anderen Farben ausmalst als das, was Dich vielleicht zufrieden macht, aber nicht erfüllt.
Machen wir uns nichts vor, Du spürst dieses Kribbeln zwischen uns, aber es wird nicht reichen, um Deinen sicheren Hafen zu verlassen. Du weißt, was Du an ihr hast. Ich bin (für Euch beide) die große Unbekannte – unkalkulierbar, die wilde, tobende, raue See. Wie viel einfacher es doch ist im Hafen vor Anker zu liegen.
Für mich bist Du eine Konstante in meinem Leben geworden – meinem Leben als Single. Ich muss mir keine Vorwürfe machen – ich bin frei und ungebunden – ach, wenn es doch nur so wäre, denn für mich bist Du die Nummer 1 geworden, mein Herzensmensch und es gibt nicht mal annähernd eine Nummer 2. Und genau das ist das Problem – ich versteife mich auf ein „uns" das es wahrscheinlich nie geben wird.
Ich muss da raus, muss da raus!
Du hast mir angeboten, was Du mir von Deiner Welt geben kannst: ein Stückchen Dich, ab und an, ein klein wenig unsere Welt. Aber ich habe meine eigene Welt und in der reicht es mir nicht mehr, Dich zu teilen, nur die zweite zu sein. Das was Du mir anbieten kannst, reicht mir nicht mehr, denn ich will alles: ich will Dich!

Ich dachte immer, das schlimmste, was mir in meinem Leben passieren könnte, wäre allein zu sein. Doch die Erfahrung hat mich gelehrt, dass das schlimmste im Leben ist, es mit jemand zu verbringen, mit dem man sich alleine fühlt. Ich kann alleine sein und deswegen muss ich gehen. Viel zu oft läuft mein Kopfkino und ich ertrage es nicht mehr!
Ich will nicht wissen, was Du mit ihr machst oder tust, mag mir keine Gedanken darum machen, warum das zwischen uns nicht reicht.
So verrückt es sich anhört, Du bist einfach nicht der Typ für eine Affäre und ich eigne mich nicht als „Zweitfrau". Dafür ist zu viel Königin in mir. Also bleibt mir keine Wahl – ich werde es beenden, auch wenn das mit Dir so intim ist, wie nichts zuvor. Und mit „intim" meine ich nicht nur unseren grandiosen Sex. Intimität bedeutet, dass Du allein meine Aufmerksamkeit hast, obwohl andere danach fragen. Egal, was um mich herum passiert, Du bist der, den ich immer im Hinterkopf habe. Ich habe keine Chance einen anderen zu kennenzulernen (was ich auch gar nicht möchte), weil meine Gedanken und vor allem mein Herz nur bei Dir sind. Wie soll ich auch einen anderen finden, wenn Du unvergleichlich für mich bist? Aber Du, Du bist ein sinnloses Unterfangen, denn auch wenn ich mir nichts mehr wünsche, als Dich an meiner Seite, so bist Du doch an der einer anderen.
Johnny Depp hat mal gesagt: „Wenn Du zwei Menschen zur gleichen Zeit liebst, entscheide Dich für den zweiten. Wenn Du den ersten nämlich wirklich lieben würdest, hättest Du Dich nicht in den zweiten verliebt."
Tja, nur ist das Leben kein Liebesroman, in dem die Liebe letztlich siegt und der Held dem Ruf seines Herzens folgt - wobei ich ja noch nicht einmal weiß, wer ich für Dich bin. Schade eigentlich, denn egal was das zwischen uns auch ist und war, es war etwas ganz Großes. Da nützt alles leugnen nichts und ich weiß, Du wirst mir fehlen, genauso wie Du mich vermissen wirst. Aber wo soll es hinführen?
Was ist das Schicksal eigentlich für ein Arschloch, wenn es erst jemanden wie Dich in mein Leben bringt, jemanden, der mich genauso stehen lässt wie ich bin und den ich so annehmen kann wie er ist, nur um ihn mir dann wieder wegzunehmen?

Das Schicksal scheint ein mieser, sadistischer Verräter zu sein - schlichtweg ein Arschloch.
Und ich? Ich werde gehen, versuchen Dich zu vergessen – was für eine Illusion, was für ein himmelschreiender Blödsinn! Aber ich werde gehen.
Für Dich, damit Du Dich nicht mehr zwischen uns aufreiben musst und um meiner selbst willen. Ich muss aufhören anzuklopfen, weil Du mich nicht reinlassen wirst, verstehst Du, was ich meine?
Bei jedem Abschied hatte ich Angst, es könnte unser letzter gewesen sein. Heute Nacht weiß ich, dass es unser letzter war. Du wirst nicht mehr wiederkommen…
Und ich bereue all die Zeiten, wo ich dachte:
„Beim nächsten Mal!" – für uns wird es keines mehr geben. Auch, wenn Schiffe nicht dafür gebaut werden, um nur vor Anker zu liegen, hast Du Dich gegen das Abenteuer der Seefahrt entschieden.
Unablässig prasselt dieser sch… Regen an die Scheibe.
Es ist vier Uhr nachts, immer noch keine Nachricht von Dir. Ich weiß, es kommt keine mehr. Mein Kopfkino läuft auf Hochtouren und ich weine jetzt schon um das, was ich bald verlieren werde… dich!
Mein Herz jault auf bei dem Gedanken Dich nicht wieder zu sehen – es schlägt für Dich, laut und deutlich.

„Hey, Herz! Hörst Du mich? Du und ich… ich erkläre Dir hiermit offiziell den Krieg!"

4 Uhr nachts, der Regen prasselt… wenn Du in einer schlaflosen Nacht an mich denkst, bist Du Dir dann noch sicher, dass SIE die richtige ist?

Mach's gut, mein Kapitän!

ENDE

Ganz egal

Ganz egal,
wie oft mein Herz noch zu zerspringen droht.
Ganz egal,
wie oft mir die gerade wieder mühsam zusammengesetzten
Teile von ihm um die Ohren fliegen.
Ganz egal,
wie oft es wieder weh tut oder verletzt.
Ganz egal,
wie oft ich glaube vor Liebeskummer sterben zu müssen.
Ganz egal –
ich würde es wieder tun!
Ich würde mich wieder und wieder in Dich verlieben!
Heute, morgen
und in jeder anderen Dimension und Galaxie
würde ich es wieder tun,
denn selbst ein gebrochenes Herz ist nicht so schlimm,
wie Dich nicht zu lieben!

Das chaotische Ding namens „Verliebtsein"

Verliebt sein... was für ein chaotischer Zustand. Du verlierst die Kontrolle, Du verlierst die klare Perspektive und Du verlierst die Möglichkeit des Selbstschutzes. Deine Gefühle machen Dich verletzlich. Und je größer das Verliebtsein, desto größer das Chaos. Das ist ein Fakt!
Und genau das ist das Geheimnis!
Ich liebe und verliebe mich nicht beiläufig und beliebig. Wenn ich liebe, liebe ich heftig – mit allem, was ich habe – bedingungslos lege ich meine Seele weit offen, serviere mein Herz auf einem Silbertablett. Alles was ich habe und weiß, überlasse ich wie ein Geschenk und hoffe, dass der andere es vorsichtig auspackt.
Und eben weil das so ist, versuche ich mich und mein Herz vor diesem chaotischen Ding namens „Verliebtsein" zu schützen. Hoffe, dass niemand kommt, der die Mauern niederreißt, mich zum Fallen und dadurch aber auch zum Fliegen bringt.
„Ich kann nur schwer allein sein, kann zynisch und gemein sein." Doch im tiefsten Inneren glaube ich an Romantik (und all den anderen Scheiß *lächel*).
„Egal was auch passiert, du steigst für mich in jeden Ring, Du tötest jeden Drachen und machst mich zur Königin." Und dann kommt vielleicht jemand, der mich besser kennt als ich mich selbst, der die Hand auflegt und alles ist gut. Wer weiß das schon?
„Wenn die alten Wunden brennen und ich will einfach rennen, dann legst du deine Hände auf".
Das Ende der Geschichte ist noch nicht geschrieben...
Eines meiner Lieblingsbücher ist „Julia" von Anne Fortier. Ein Zitat daraus ist: "Mit Giulietta in seinen Armen hörten alle anderen Frauen - frühere, gegenwärtige und zukünftige - einfach zu existieren auf."
Welch' schöne, aberwitzige Vorstellung!
Verliebtsein...
„Einmal Hölle und zurück... mein Herz zu oft verloren..."
Aber vielleicht finde ich es ja auch irgendwann einmal in einem anderen Herzen wieder?

Höre nie damit auf Dich zu verlieben!

Der Mensch, der Dein Leben teilt

Ist es nicht so, dass wir mit dem Menschen zusammen sein sollten, vor dem wir nichts verstecken müssen?
Nichts! In keiner Weise!

Weder unser Gesicht morgens nach dem Aufwachen bevor wir uns geschminkt haben, noch eine Geschichte, die uns peinlich ist. Weder das eine Haar auf dem Rücken, noch den Kindheitstraum Astronaut zu werden. Weder Ängste und Zweifel, noch Ambitionen und Ziele.

Wir sollten einfach sicher sein, dass wir in einer Beziehung mit jemanden sind, der uns kennt – unsere Schattenseiten, unser Licht. All die peinlichen Geschichten, körperliche „Makel" (die wahrscheinlich nur uns stören), Träume, Sorgen, die Dinge, die uns Gänsehaut bereiten.

Der Mensch an unserer Seite sollte nicht nur von all dem wissen, er sollte uns gerade oder besonders deswegen lieben – für all das, was uns ausmacht.

Er sollte uns annehmen, mit uns lachen, wenn wieder was Blödes passiert ist und unsere Hand halten, wenn wir zu straucheln drohen. Er sollte uns dabei unterstützen unsere Ziele zu erreichen und uns nicht ausbremsen dabei. Er sollte all unsere phantastischen Wünsche für voll und unsere Ängste ernst nehmen.

Unseren Zweifeln sollte er gemeinsam mit uns in den Hintern treten – so, wie wir es im Gegenzug mit all dem tun, was ihn beschäftigt und bewegt.

Ein Mensch, dem Du Dein ganzes Leben erzählen kannst – mit all den düsteren, dunklen Momenten und all dem Licht, der Freude und dem Glück – jemand, mit dem Du all das teilen kannst, das ist der Mensch, der es wert ist, dass er Dein Leben mit Dir teilen darf.

Mit nichts weniger solltest Du Dich zufrieden geben!

Was Familie für mich ist...

Familie, das ist ein Tratsch an der Treppe.
Familie, das ist ein „Komm mal kurz hoch."
Familie, ist ein „Bring den Hund"
Familie, das ist ein Sofa in einer Küche,
auf dem ich schon als Kind schlief
und das da immer noch steht.
Familie, das sind klappernde Töpfe.
Familie, das ist das Geräusch eines Föhns
und das Klingeln einer Ladentür.
Familie, das ist der Geruch von Haarfarbe und
Dauerwellenflüssigkeit.
Familie, das ist ein Stück Gelbwurst
und ein Wienerchen „auf die Hand".
Familie, das ist montags heimlich nach den
Handballergebnissen vom Wochenende schauen
und unheimlich stolz sein, wenn man da ein Tor sieht.
Familie, das ist der Geruch von alten Motorrädern.
Familie, das ist „Brawürschd und Kraut".
Familie, das sind brennende Füße und geliebter Starrsinn.
Familie, das ist eine Bettwäsche, weil wer an Dich gedacht hat.
Familie, das sind Adventskalender, obwohl Du erwachsen bist.
Familie, das sind Eier und Kopfsalat aus eigenem Garten.
Familie, das ist „schau mal schnell, was ich mir gekauft habe".
Familie, das sind Brötchen, Sonntagmorgen vor der Haustür.
Familie, das sind gewechselte Reifen und eine Ölkontrolle.
Familie, das ist ein warmer Ofen, wo man sich kurz nach der
Arbeit schnell etwas aufwärmt.
Familie, ist ein „Kommst Du zum Essen?"
Familie, ist ein „Kannst Du das mal ausdrucken?"
Familie, das ist eine Umarmung.
Familie, das ist ein schneller Rat am Telefon.
Familie, ist Verständnis, auch wenn man nicht so recht versteht.
Familie, ist Zusammenhalt, wenn es darauf ankommt.
Familie, das sind Feiern, wo man sich sofort wieder vertraut ist.
Familie, das sind Menschen – meine Menschen.
Familie, kann man sich nicht aussuchen –
umso schöner, wenn sie eigen, aber wunderbar ist!
Familie, das ist irgendwie auch Liebe!

Tanzen wir die Mauern klein

Ich kann nichts mehr spüren.
Mich berührt auch nichts mehr.
Und zu verlieren habe ich schon lange nichts mehr.
Mir ist einfach alles egal.
Ich habe eine dicke Mauer um mich gebaut,
die alles aufhält,
was mich verletzen oder berühren könnte.
Ich spüre nichts mehr –
kein Glück, keine Trauer, keine Liebe, keinen Schmerz.
Ich habe mich abgeschottet von all dem,
was mich verletzen kann, was mir Angst macht,
weil ich viel zu oft verloren habe.
Mich berührt gar nichts mehr.
Was soll schon auch noch groß kommen,
was ich nicht schon einmal überlebt hätte?
Die Wunden bleiben die gleichen – es interessiert nicht.
Die Wände um mich herum sind so dick,
dass ich laut schreien kann.
Sogar toben kann ich in meinem mir selbst gebauten Gefängnis,
es interessiert niemanden.
Die Mauern scheinen aus Stahl – undurchdringlich, böse.
Sie halten fern, was ich nicht mehr bei mir haben möchte.
Niemand wagt es, sie zu bezwingen.
Sie schotten mich ab und lassen mich auskühlen.
Gefühle, egal welcher Art, haben nichts mehr bei mir verloren.
All meine Soldaten habe ich in die Schlacht geschickt,
um sie abzutöten, diese Gefühle,
von denen keiner so recht weiß, für was sie gut sein sollen?
Und als sie doch erfolglos aus dem Kampf zurückkehrten,
habe ich meine Soldaten gezwungen diese Mauer zu bauen
und die Brücke hochzuziehen.
So sitze ich jetzt hier…
Einsam, verlassen, ohne jegliche Regung.
Nichts, nichts spüre ich mehr.
Lass mich in Ruhe, lass mich allein.
Du kannst mich nicht berühren!
Ich lasse Dich hier nicht rein!
Doch Du, Du gibst nicht auf.

Ich höre Dein Klopfen,
Dein Scharren, das Kratzen Deiner Krallen am Stahl.
Langsam, Stück für Stück,
bringst Du die Wände zum Bröckeln,
lässt einen Sonnenstrahl in mein Verlies.
Plötzlich kann ich Licht sehen,
den Wind in meinem Haar spüren,
Leben, das auf meiner Haut tanzt.
Du reichst mir die Hand,
singst mir ein Lied,
sagst,
dass diese Mauern viel zu lange mein Gefängnis waren.
Tanz für mich –
sing für mich,
forderst Du mich auf
und ich kann Deiner Melodie nicht länger widerstehen.
Ich will Dich spüren,
mit jeder Faser meines Körpers Deinen Lebensmut einsaugen.
Ich will mit Dir lachen,
sing bitte noch einmal für mich,
damit ich mich an den Takt gewöhnen kann!
Sing meine Mauern klein,
sag mir noch einmal,
dass mich nur noch keiner mit Deinen Augen gesehen hat.
Was Du mit mir machst ist gut.
Lach mir Deine Freude ins Gesicht
und dann werde ich vielleicht wirklich mit Dir tanzen.
Reiß meine Mauern ein!

Auch ein "Happy End" ist ein Ende!

Kennst Du das?

Wenn Du genau weißt, dass etwas kein gutes Ende nimmt und Du einfach trotzdem nicht widerstehen kannst? Wenn es zu schön ist, um es zu beenden, auch wenn Dein Kopf laut ruft: „Lass das!"

Manchmal bin ich halt auch nur ein schwaches, verliebtes Mädchen, das diesen Blicken und der Anziehung trotz des Stechens im Herzen nicht widerstehen kann.

Aber müssen wir uns denn überhaupt selbst etwas verwehren, von dem wir zwar wissen, dass es nicht gut ausgeht, es uns aber dennoch gut tut? Stehen wir uns mit unserer Vernunft da einfach selbst im Weg?

Muss es denn wirklich immer ein Happy End geben?

Auch ein „Happy End" ist schließlich ein Ende!

Vielleicht ist das „Happy" ja gar nicht das „End", sondern der Weg zu einem vermeintlichen Ende ist das, was uns glücklich macht, wie auch immer es aussehen mag?!

Manche Geschichten müssen gar nicht gut ausgehen – es reicht doch einfach, wenn sie einfach immer weiter gehen – wenn sie fortwährend besser werden. Ganz egal, wie auch immer sie enden mögen!

Hoffen wir, dass sie nie enden, diese Geschichten, die uns glücklich machen, sondern dass wir in ihrem Fortbestehen unser Glück finden!

Gepfiffen auf ein Happy End!

Ich will eine Story, die mich happy macht!

Wer kann mich tragen?

Wieder eine schlaflose Nacht, wieder Gedanken,
die sich wieder und wieder im Kreis drehen.
Zu oft verletzt, zu oft enttäuscht,
zu oft aufs falsche Pferd gesetzt.
Zum Schutz eine dicke Mauer um mich gebaut,
die Du wieder und wieder zum Einsturz bringen wirst,
was mich hilf- und schutzlos vor Dir stehen lässt.
So fest im Glauben nicht wieder zu vertrauen,
will ich doch genau das: Dir vertrauen.
Ich höre all die schönen Worte, die Du mir sagst,
die mich so besonders und einzigartig sein lassen.
Ich höre Deine Worte, doch werden ihnen Taten folgen?
Bist Du wirklich bereit,
die Verantwortung für mich zu übernehmen?
Ich will nicht, dass es wieder weh tut –
ich weiß, dass ich mich besser schützen sollte
und doch will ich, dass ich endlich loslassen,
die alten Ängste und Erfahrungen abstreifen
und Dir einfach nur vertrauen kann.
Ich habe es schon einmal überlebt
und ich werde es wieder und wieder überleben –
auch, wenn es schief gehen sollte.
Doch Du sagst, Du bist da.
Aber bevor ich es zulasse, bevor ich Dir mein Innerstes zeige,
mich Dir öffne und Dir all das gebe was ich bin – mich –
bevor es soweit ist, frage ich Dich:
Kannst Du mich tragen?
Bist Du da, wenn sich mal wieder alle Gedanken drehen?
Darf ich Dich in schlaflosen Nächten anrufen,
nur um Deinen Atem zu hören?
Kommst Du, wenn in mir Kriege toben
und meine Wölfe gegeneinander kämpfen?
Wirst Du dazwischen gehen,
Dich schützend vor mich stellen und mir den Rücken stärken?
Summst Du mir die Melodie meines Herzens vor,
wenn ich sie vergessen habe?
Gibst Du mir vielleicht sogar einen Text dazu?
Legst Du ruhig meine Wellen ans Ufer

und bist stark, wenn mich meine eigene Schwäche übermannt?
Kannst Du mich tragen?
Kannst Du mich in diesen seltenen Momenten tragen?
Es wird nicht oft nötig sein, aber bist Du da,
wenn ich Dich brauche?
Trägst Du mich dann?
Es ist nicht schlimm, wenn Du jetzt zurück schreckst!
Ich weiß, was ich von Dir verlange!
Du sollst Dir nur bewusst sein, dass Du,
wenn Du alles willst - mich willst - auch alles bekommst.
Kannst Du mich dann tragen?
Wirst Du auch meine düsteren Zeiten aushalten?
Kannst Du meine dunkelsten Geheimnisse hüten?
Führst Du mich zurück ins Licht?
Schmierst Du Bepanthen auf mein verwundetes Herz?
Bist mir Seelenbalsam?
Ja, ich weiß, das alles ist so verdammt viel.
Doch letztlich, ganz am Ende, frage ich Dich nur:
Kannst Du mich tragen?
Kannst Du mich ertragen?
Ja, ich weiß, das ist verdammt viel.
Aber sei Dir sicher, wenn Du mich fragst,
dann sage ich Dir:
Ich kann Dich tragen!
Ich trag Dich da raus!

Manchmal bleibt man

Mein Herz fühlt sich wie ein steiniger Klumpen an, denn da, wo eigentlich Hoffnung sein sollte, wurde mir klar, dass es überhaupt nichts romantisches an sich hat, um jemanden zu kämpfen – es ist kein Stück weit romantisch jemanden davon überzeugen zu „müssen" zu lieben oder geliebt zu werden.

Vielleicht reicht es eben einfach nicht „nur" zu lieben und wenn etwas Großes dann kein glückliches Ende hat, muss man vielleicht gehen, um einen glücklichen Neuanfang machen zu können?! Wie idiotisch! Man liebt und geht trotzdem...

Und manchmal bleibt man, obwohl man nicht mehr liebt wie es sein sollte, was mindestens genauso idiotisch ist! Man hängt an etwas, von dem man doch genau weiß, dass es längst nicht mehr passt. Getreu dem Motto:

„Der Hund ist tot, aber Du darfst ihn behalten!"

Ich selbst hing oft genug an diesem seidenen Faden, wo ich genau wusste, dass es zwar ok ist, ich aber nicht mehr glücklich bin. Doch aus Angst vor den Folgen, vor den Streitereien, vor dem was wohl „die anderen" sagen, vor all dem was so getrennt werden muss, blieb ich halt einfach und hielt mich an dem letzten Stückchen Faden fest. Ist ja auszuhalten... erträglich... doch damit habe ich, das muss ich mir im Nachgang eingestehen, so viel „Leben" verpasst.

Warum? Wahrscheinlich, weil ich Angst davor hatte, jemanden zu enttäuschen, meinen Partner, meine Familie, aber manchmal muss man andere enttäuschen, um auf sich selbst und seine Gefühle zu achten.

Wir alle haben schon einmal jemanden, der uns liebt, im Stich lassen müssen. Aber macht uns das zu einem schlechten Menschen?

Nein!

Es ist einfach nur menschlich nicht fehlerfrei zu sein – und es ist nur menschlich, dass sich die Liebe wandelt im Laufe der Zeit – mal früher, mal später und uns dann dazu zwingt umzudenken und zu handeln – für uns und letztlich auch für unseren Partner, dem wir damit auch die Chance auf einen Neuanfang nicht länger verwehren. An sich selbst einen anderen Anspruch zu stellen, als dass sich Dinge und Gefühle ändern können im Leben, das wäre unmenschlich.

Und wenn dann der seidene Faden reißt, kommt vielleicht ein Mensch in Dein Leben, der Dir einen anderen Weg aufzeigt, der Dir zeigt wie man lebt, wie man liebt. Er kann genau dann in Dein Leben kommen, wenn es eben nicht mehr „passt", anders hätte er keine Chance. Er bemalt die Mauern, die Dein Herz, das Du schon aufgegeben hast, um sich gebaut hat, mit den buntesten Farben und die schönsten Momente in Deinem Leben sind plötzlich die, die Du lächelnd mit diesem Menschen verbringst, der Dir etwas bedeutet.

Ganz egal wie idiotisch Deine Entscheidungen dann sind – ganz egal, ob Du gehst oder bleibst – am Ende wird der, der Dich liebt, Dich trotzdem lieben – auch wenn Du ihn enttäuschen musst. Er wird darüber hinwegkommen.

Es ist wie in dem Lied:

„Irgendwie sind wir nicht gleich, sieh uns doch nur an,
Du verdienst ne bess're Frau und ich nen bess'ren Mann.
Wie oft hab ich daran gedacht, es nie gemacht.
Ich hab es irgendwie vorher nie geschafft.
Vielleicht fehlte der Mut, vielleicht fehlte auch die Kraft,
doch jetzt fehl' ich mir selbst, mehr als Du es jemals hast.
Lieber so…als zu spät. Besser wenn du jetzt gehst.
Viel zu lange schon tun wir uns weh.
Lieber so … als zu spät."

Und wenn sich mein Herz mal wieder wie ein steiniger Klumpen anfühlt, dann weiß ich, dass es nichts Romantisches an sich hat, seine Liebe nicht zu leben!

Manchmal muss man einfach gehen

Wie viel man sich doch manchmal gefallen lässt, wo man schon längst hätte auf den Tisch hauen und / oder gehen sollen!

Unglaublich!

Aber nicht nur in der Partnerschaft, auch in Freundschaften, Verwandtschaftsverhältnissen kommt das Gleichgewicht leider zu oft aus der Waage und dort wo gegenseitige Wertschätzung und Respekt selbstverständlich sein sollten, beginnt man sich zerfleischen.

Manchmal muss man einfach gehen!

Nicht, um dem anderen bewusst zu machen, was er an einem hat, sondern um selbst zu begreifen und sich bewusst zu machen, was man selbst (sich selbst) wert ist.

Wenn man sich selbst nicht liebt, jagt man ständig Leuten hinterher, die einen auch nicht lieben. Wenn man sich selbst keine Wertschätzung entgegen bringt, tut das auch kein anderer.

Und plötzlich ist man in einem herrlichen Teufelskreis gefangen – man mag sich selbst nicht leiden, das Umfeld suggeriert einem auch ständig, dass man nicht gut genug ist und schließlich glaubt man das auch noch.

Herzlichen Glückwunsch!

Leider neigen wir dann zu oft dazu im anderen „den Bösen" zu sehen.

Neil Gaiman hat gesagt:
„I think hell is something you carry around with you. Not somewhere you go."
(Ich glaube die Hölle ist etwas, was Du mit Dir herumträgst und kein Ort, wo Du hingehst.)

Wir alle tragen unsere eigene kleine Hölle aus Selbstzweifeln und mangelnder Eigenliebe in uns, die dann von außen noch befeuert wird, wenn wir es zulassen.

Wir sollten wieder damit anfangen und selbst zu lieben, uns nicht immer nur unserer kleinen Fehler und Mängel bewusst zu sein, sondern viel mehr der Dinge, die toll an uns sind.

Umgeben wir uns mit Menschen, die nicht ständig darauf hinweisen, dass wir in ihren Augen nicht gut genug sind, die unsere Eigenheiten nicht lieben und verstehen, die uns klein halten, um sich selbst größer und besser fühlen zu können.

Vielleicht heißt das, Menschen gehen lassen zu müssen…
aber vielleicht finden wir dabei uns selbst wieder?

Dass das kein einfacher Weg ist, weiß ich aus eigener Erfahrung und viel zu oft falle ich noch in alte Muster zurück. Aber mir wird heute schneller als früher bewusst, was und wer gut für mich ist und was und wer im Gegenzug nicht.

So schwer es auch fällt, um meiner selbst willen, habe ich gelernt dann loszulassen.

"She lost him, but she found herself and somehow that was everything." (Taylor Swift).
(Sie verlor ihn, aber sie fand sich selbst und irgendwie war das alles)

Wenn Du Dich mal wieder klein und ungeliebt fühlst, höre mal in Dich, ob das wirklich Du bist oder ob Dir die Welt nur wieder mal sagt, Du wärst es?!

Umgebe Dich dann mit Menschen, die Dich wirklich lieben - so wie Du bist und die Dich wieder aufbauen.

Wenn Du die Melodie Deines Herzens vergessen hast, wird sie Dir ein wahrer Freund vorsummen.

An den besten Hund der Welt

Liebe Daisy,
heute ist Dein Geburtstag –
stolze 16 Jahre bist Du jetzt alt
und genauso lange begleitest Du
mich schon in meinem Leben.
Ich kann mich noch genau erinnern,
als ich Dich mit 8 Wochen
vom Bauernhof geholt habe…
eigentlich hatte ich mich für
Deine Schwester entschieden,
doch der Bauer wollte Dich ertränken,
denn Du hattest eine furchtbar
schlimme Augenentzündung,
noch dazu warst Du die kleinste im Wurf
und die einzige mit hellem, langem Fell.
Schnell war deswegen beschlossen:
Du kommst mit zu mir!
Die beste Entscheidung meines Lebens!
16 Jahre bist Du jetzt treu an meiner Seite.
So viel haben wir zusammen erlebt…
wie oft habe ich in Dein Fell geweint,
wie oft hast Du mich mit Deiner
übersprudelnden Lebensfreude
zum Lachen gebracht!
Es gibt nichts Schöneres
als mit Dir am Main zu sitzen
und Dir beim „Leben" zu zusehen.
Selbst mit 16 Jahren bist Du noch
voller Ausgelassenheit.
Nach einem stressigen Tag mit Dir draußen sein,
das ist Abschalten,
an nichts mehr denken müssen.

Doch jetzt wirst Du alt, mein Hund…
Die Augen lassen nach,
Du hörst schlecht
(auch, wenn ich mir manchmal nicht sicher bin,
ob das eine Alterserscheinung ist oder Du Dir einfach

als „Oma" das Recht herausnimmst,
nicht mehr alles hören zu „müssen"),
Deine Beine werden schwächer,
der Altersstarrsinn breitet sich aus
und manchmal bist Du verwirrt.
Aber immer noch bist Du
ein Ausbund an Lebensmut.
Du warst und bist Inspiration, Trost, Begleiterin –
und noch vor kurzem hast Du,
obwohl schon fast blind und taub,
bewiesen,
dass Du bis aufs Blut für mich
kämpfen würdest,
mich todesmutig verteidigst.

*Du bist eine Löwin,
versteckt in weißem Kuschelfell.
Was wäre ich nur ohne Dich?*

Jetzt an Deinem 16. Geburtstag,
verspreche ich Dir,
dass auch ich immer für Dich da sein werde –
wir zwei machen uns Deine
letzten (hoffentlich) Jahre
nochmal richtig schön miteinander,
meine alte Lady!
Heute Morgen habe ich Dir
beim Schlafen zugesehen,
Du hast laut geschnarcht
(auch so eine neue Eigenart)
und mein Herz ist übergelaufen vor Liebe zu Dir.
Du bist das Beste was mir passieren konnte!
Mein Fräulein, Du bist einfach pures Glück!

Ein Hoch auf den besten Hund der Welt!

Mein Lieblingsfilm

Mein Lieblingsfilm läuft eindeutig
in meinem Kopfkino!
Und hier wird schlichtweg alles gezeigt:
Vom Drama, zur Liebeskomödie,
über die Schnulze,
zum Blockbuster,
macht mein Kopfkino auch
vor Reportagen nicht halt.
Sogar Science Fiction,
Horror und Krimis sind am Start.
Nur Stumm- und Schwarz/Weiß-Filme laufen eher selten.
Und manchmal –
manchmal kommt da sogar ein Porno –
oder zumindest ein erotischer Kurzfilm.
Ja, mein Kopfkino hat wirklich für
jeden Geschmack etwas dabei!
Und da fragst Du mich ernsthaft
nach meinem Lieblingsfilm?
Such Dir einen aus!
Vorstellungen täglich!
24 Stunden – rund um die Uhr!
Manchmal sind die Filme so gut,
dass ich mich mit ein wenig Popcorn bequem auf
meinem Sofa zurücklehne
und mit einem Lächeln
das Schauspiel betrachte.
Meine Lieblingsfilme spielen sich eindeutig
in meinem Kopf ab!

Süße Verführungen

Internetportale spielen heutzutage ja eine große Rolle in der Partnersuche. Doch machen sie es uns wirklich leichter jemanden kennenzulernen? Ist es nicht eher so, dass wir leichtlebiger werden durch sie?

Wie einfach es doch ist, hier noch schnell ein Profil anzuklicken, dort mal eben eine Nachricht hinzuschicken (meist gehen die ja sogar einfach mit Copy+Paste gleich an 100 andere mit raus) und wenn dann einer der vielen antwortet und mir dann doch nicht gefällt, dann findet sich schnell etwas Neues – immer nur einen Klick entfernt.

Wie oft schon haben wir Männer belächelt, die sich eine Frau „kaufen". Doch ist das Internetdating nicht die neue Form davon? Wie in einem Katalog vergleichen wir Aussehen, Neigungen, Charaktereigenschaften mit unseren Vorlieben. Passt nicht? Schnell weiter blättern! Oder halt klicken in dem Fall. Wir klicken uns durch einen riesigen Online-Katalog – betreiben quasi Homeshopping und sind ständig auf der Suche. Nach was eigentlich? Die meisten Frauen nach der großen Liebe und die meisten Männer, nach schnellem, unverbindlichen Sex – oh ja, ich überdramatisiere und schere über einen Kamm – tja, ich darf und kann das.

Manchmal treffen wir uns dann sogar mit jemanden, aber eigentlich haben wir gar keine Zeit mehr, unsere Zeit an nur einen zu verschwenden, wo doch im Hintergrund 1000 andere warten. Selbst wenn uns jemand gefällt, vielleicht gibt es ja da doch noch den einen oder die eine, die uns noch besser gefallen könnte?! WAS??? Moment, da muss ich doch gleich mal online gehen und nachschauen!

Wie in einem großen Bonbon-Laden versuchen wir hiervon ein bisschen, kosten davon und ein wenig von dem da lassen wir uns auch noch schmecken – genug Auswahl ist ja da! Warum sollten wir uns auch festlegen, wo doch so viele Versuchungen locken?

Und selbst wenn wir endlich etwas finden, was uns schmeckt, geben wir uns nicht damit zufrieden… in der großen Gesamttüte voller süßer Bonbons, ist eines bitter? Schnell die ganze Tüte weg und eine neue Sorte testen! Warum sollten wir Zeit, Mühe, Gefühle investieren in etwas, das uns nicht zu 100 % zusagt, wo doch die Welt da draußen noch so viel anderes zu bieten hat? Beständigkeit, Verlässlichkeit sind Fremdwörter geworden im Online-Zirkus. Es ist nur ein „Bäumchen wechsel Dich" im World Wide Web. Und da beschweren wir uns noch, wenn wir angelogen werden?

„Ich lebe getrennt", „Wir führen eine offene Beziehung" – wie viele Lügen uns aufgetischt werden, aber anscheinend brauchen wir genau das heutzutage.

Wo sind eigentlich die Zeiten hin, wo wir noch Werte und Moralvorstellungen hatten? Wo nicht jeder jeden betrogen, belogen und hintergangen hat, wo man ehrlich zueinander war? Wo sind die Zeiten hin, wo wir noch wussten was es heißt zu lieben, treu zu sein und uns auf einen Menschen zu konzentrieren? Wir wissen doch gar nicht mehr, wie zufrieden man sein kann, wenn man mal alles, was vielleicht nicht ganz so ideal ist am anderen, angenommen hat – wenn man aus vollem Herzen liebt. Dafür haben wir keine Zeit! Moment, ich muss mal eben weiterklicken!

Mir, mir wird schlecht von so viel Süßkram! Und noch schlechter wird mir von dem ganzen durcheinander! Ich mag den EINEN finden, mit dem ich einfach nur zufrieden sein kann – ich muss gar nicht ständig und laufend glücklich sein – zufrieden, das wäre schön! Und wenn der da ist, dann muss ich auch nicht ständig untriebig etwas Neues ausprobieren, dann hat er es verdient, meine volle Aufmerksamkeit zu genießen, weil ich genau das auch von ihm fordern werde – seine volle und alleinige Konzentration auf mich und nicht noch auf 1000 andere potenzielle Partner.

Wie zur Hölle konnte es nur so weit kommen, dass wir uns mit weniger als Romantik zufrieden geben?

Von Fröschen und Prinzen

Ich muss zugeben, dass ich Prinzen geküsst habe,
die sich in Frösche zurück verwandelten –
ich weiß gar nicht, warum das bei mir andersrum läuft?
Mich beschleicht die Angst, bei der nächsten Krötenwanderung,
ein paar von meinen Exfreunden zu überfahren,
denn meine Prinzen verwandeln sich nicht nur in possierliche
Frösche, sondern meist in dicke, fette, hässliche Kröten zurück.
Manch einer hat sich gar als Unke herausgestellt.
Und doch, wenn mich jemanden fragt,
ob ich einen Frosch im Hals habe,
werde ich das wohl bejahen und antworten müssen,
dass ich den beim Versuch verschluckt habe,
aus dem Frosch einen Prinzen zu machen.
Und jetzt steckt er im Hals fest, der blöde Frosch!
Er lässt mich krächzen und macht mir das Schlucken schwer.
Das ist das Elend,
wenn man als erwachsene Frau immer noch an Märchen glaubt!
Also poliere ich weiter meine gläsernen Schuhe und hoffe,
dass sich Frösche in Prinzen verwandeln
oder die Prinzen einfach Prinzen bleiben
und sich nicht in Amphibien umgestalten.
Dabei will ich ja eigentlich gar keinen Prinzen –
nichts als verwöhntes Pack,
die sich ihr ganzes Leben lang um nichts bemühen müssen,
weil ihnen alles schon von Geburt an in den Schoß fällt,
die dann auch noch in weißen Strumpfhosen zu stecken drohen!
Ich will auch keinen Romeo – der sich stump umbringt,
ohne mal die Vitalfunktionen seiner Julia zu prüfen.
Ich will einen Drachenzähmer –
der sich vor mich stellt und mich zähmt.
Einen Piraten, der verwegen um mich kämpft.
Einen Räuber, der mein Herz klaut und in Ehren hält.
Ja, ich bin eine erwachsene Frau,
aber ich glaube wohl doch noch an Märchen –
solange, bis ich gestorben bin!

Wenn Gras über die Sache gewachsen ist

Hey Du,

ich weiß, wir haben lange nichts mehr voneinander gehört. Meine letzten Nachrichten an Dich sind ja auch schon Jahre her und Du hast sie unbeantwortet gelassen. Aber gerade beim Ausmisten alter Kisten, habe ich unsere Konzerttickets gefunden... erinnerst Du Dich noch? Jetzt sitze ich hier und denke an Dich.
Wie geht es Dir? Was macht das Leben und die Liebe? Ich weiß, dass Du geheiratet hast und glücklich bist und glaube mir, heute kann ich aus vollem Herzen und ohne Wehmut sagen, wie sehr ich mich für Dich freue! Du und ich, das hätte einfach nicht funktioniert!
Also, mach Dir keine Sorgen, ich schreibe Dir nicht, weil ich Dich zurück will, sondern weil Du mir hier gerade über die Füße gefallen bist und ich an Dich und unsere Zeit denke. Mein Gott, welche Höhen und Tiefen ich mit Dir durchlebt habe, aber letztlich bleibt sie mir als schöne Zeit in Erinnerung und deswegen schreibe ich Dir heute. Ich will Dir einfach nur mal wieder „Hallo" sagen.
Und vielleicht will ich Dir auch sagen, dass ich es schade finde, dass wir keinen Kontakt mehr haben. Denn Du bist nicht nur als Mann an meiner Seite aus meinem Leben verschwunden, sondern vor allem als Freund und den, den vermisse ich im Gegensatz zum Mann, manchmal. Vielleicht will ich Dir auch einfach nur sagen, dass ich Dir nicht mehr böse bin und ich hoffe, Du bist es mir auch nicht. Mittlerweile ist meterhohes Gras über uns gewachsen, oder? Ist für Dich genug Gras darüber gewachsen, um einfach mal wieder „Hallo" zu sagen?
Lass doch mal was von Dir hören und wenn Du in der Nähe bist oder ich in Deiner, wollen wir nicht ein Bier zusammen trinken gehen? Einfach, weil wir es uns gegenseitig wert sind, weil wir nur noch Geschichte sind mit viel Grün drüber?

Fühl Dich freundschaftlich umarmt,

Deine XY

Wenn die Stille spricht...

Nichts nervt mich mehr, wie wenn „Funkstille" herrscht – wenn ich „nichts höre", wenn jemand in der Versenkung verschwindet, Schweigen herrscht. Wenn sich die Stille wie dichter Nebel zwischen zwei Menschen breit macht und man gar nicht so recht durchsehen kann, warum das so ist.

Sich zurückziehen, ja, das kann ich verstehen, dass man eine Auszeit braucht, um etwas zu überdenken oder einfach mal seine Ruhe will, auch das kenne ich nur allzu gut. Dies jedoch zu tun, ohne sein Gegenüber in Kenntnis zu setzen, das ist mir fremd.

Wenn Du plötzlich von einem Menschen nichts mehr hörst, der Dir bis gestern noch 100 Nachrichten am Tag geschickt hat und so einfach gar kein Grund für dieses Schweigen ersichtlich ist, so etwas bringt mich zur Weißglut – nichts nervt mich mehr als undurchsichtige Situationen, Unwissen darüber, was beim anderen gerade los ist.

Gerade, wenn man sich nahesteht, kann es doch nicht so schwer sein, kurz zu sagen, was ist, dass der andere sich keine Sorgen machen muss, man einfach mal 1, 2 Tage für sich haben möchte. Ich weiß, dass das funktioniert!

Ganz oft, wenn ich in einem Projekt stecke oder meine Gefühle Achterbahn fahren, brauche auch ich eine Auszeit. Dann antworte ich aber, wenn mir jemand schreibt und sage:
„Sorry, ich melde mich, sobald ich kann oder es mir besser geht."

Im besten Fall hat es nichts mit der Person an sich zu tun, dann lasse ich sie das wissen, wenn dem nicht so ist, lasse ich es diese Person erst recht wissen. Denn das ist fair, das macht „Beziehung" aus – ganz egal ob in der Partnerschaft, Freundschaft oder Familie.

Das schlimme am Schweigen ist ja, dass es unheimlich viel Platz für Interpretationen lässt. Plötzlich denkt man vom hundertsten ins tausendste, wenn man keine Erklärung hat:

Ist der andere gelangweilt von mir?
Hat er oder gar wir eine Krise?
Habe ich was falsch gemacht?
Was habe ich falsch gemacht?
Will er nichts mehr mit mir zu tun haben?
Schätz oder liebt er mich nicht mehr?

Wenn ich einen anderen nicht verstehen kann, interpretiere ich meine ganz eigene Geschichte hinein – und das ist NIE gut!

Denn es wird wahrscheinlich nie die Geschichte sein, die wirklich dahinter steckt, sie sorgt aber für Wut, Ärger, Enttäuschung. Wie einfach kann man so etwas damit klären, indem man kurz „laut gibt" und sagt, was los ist und dem anderen eben keinen Platz für Interpretationen und Missverständnissen keinen Nährboden gibt.

Noch schlimmer als sich nicht melden, ist fast nur noch auf Nachrichten nicht zu reagieren. Es gebietet meine Höflichkeit und Erziehung schon gar nicht, auf eine Nachricht, nicht zu reagieren. Es gibt nichts Schlimmeres als Ignoranz!

Und das, das ist dann auch wirklich mit gar nichts mehr zu entschuldigen. Wenn ich allen Mut zusammen nehme und mich melde, dann erwarte ich eine Reaktion! Vielleicht nicht sofort, aber innerhalb eines angemessenen Zeitraums. Es muss eine Reaktion kommen. PUNKT! Das ist nicht verhandelbar!

Wenn Du Dich zurückziehst, dann lass die Menschen, die Dir nahe sind, wissen, dass das so ist und auch warum das so ist – so funktioniert „Zwischenmenschlichkeit"!
Und wenn Dir jemand eine liebe Nachricht schickt, um nach Dir zu fragen, dann ignoriere das nicht! Wer weiß? Vielleicht ist es die letzte, die Du bekommst, weil der andere so viel in Dein Schweigen hineininterpretiert, dass er keine Lust mehr hat, Dir zukünftig noch zu zuhören?

Zwischendrin...

Ich bin Deine Geliebte
und Du bist mein Freund.
Du bist mein Geliebter
und gleichzeitig bin ich Dir Freundin.
Wir sind zwei Lieblingsmenschen,
gefangen in einem „Dazwischen".
Wenn unsere Affäre im Sande verläuft,
wirst Du mir dann noch Freund sein können?
Wir sind gefangen in einem „Dazwischen".
Vielleicht ist es nicht die gerade eine gute Idee,
eine Affäre mit dem besten Freund zu beginnen?
Aber über das „hätte" und „sollte" kann ich mir
jetzt keine Gedanken mehr machen,
es ist nun mal so.
Eigentlich sollst Du nur wissen,
dass ich Dich vermisse werde,
falls wir es nicht hinkriegen.
Dich…
als Mensch, als Freund
und erst dann als Mann.
Ich seh' Dich eben nicht mehr nur als Freundin,
sondern „leider" auch als Frau.
Wir werden wohl noch eine ganze Zeit lang
in unserem „Dazwischen" hängen bleiben.

Pass auf Dich auf!

Paulo Coelho sagt: „Wie Menschen andere behandeln ist eine direkte Reflektion darauf, wie sie sich selbst fühlen."
Dieses Zitat stützt meine Theorie, dass Menschen ihre Unzufriedenheit und Unzulänglichkeiten gerne auf dem Rücken anderer austragen. Aber warum passiert uns das so oft mit Personen, die uns eigentlich lieben und schätzen sollten? Warum ziehen wir uns deren „Schuhe" an und können uns nicht abgrenzen?
Du kannst viel über jemanden erfahren, wenn Du Dir anschaust, wie er Dich behandelt. Geht er respektvoll mit Dir um? Zeigt er Dir gegenüber Wertschätzung? Wenn Dich jemand behandelt, als ob Du ihm egal bist, dann finde keine Ausreden für ihn, sondern glaube ihm sein Verhalten. Gerade Frauen sind ganz groß darin Ausreden für das andere Geschlecht zu finden. Zu oft beginnt es mit einem: „Wenn er Zeit hat wird er sich melden, er hat nur beruflichen Stress..." oder ähnlichem. Dabei ist es doch ganz klar: wenn er Interesse hat, dann zeigt er das auch. Und wenn er sich nicht meldet, dann hat er auch kein Interesse. Punkt!
Natürlich kann immer mal was dazwischen kommen und ich überspitze das gerade sehr. Aber letztlich machen wir uns verrückt, in dem wir warten und Entschuldigungen suchen, die keine sind.
Dasselbe gilt meiner Meinung nach, wenn gewisse Punkte in einer Beziehung überschritten werden. Gewiss gibt es überall mal Streit oder Meinungsverschiedenheiten. Aber wenn keine Streitkultur gepflegt wird, wenn Schimpfwörter fallen, es vielleicht sogar zu Handgreiflichkeiten kommt, wenn Grenzen überschritten werden, ohne dass das ganz klare Konsequenzen hat, dann wird es immer wieder an diesen Punkt kommen, vielleicht sogar darüber hinaus gehen.
Wollen wir wirklich unser Leben mit Menschen teilen, die so mit uns umgehen? Oder wollen wir wirklich der Mensch sein, der so mit anderen umgeht?
Und wenn dieser Text nur Dich zum Nachdenken bringt, ist vielleicht schon viel getan...
Pass gut auf Dich auf!

Was ich wirklich will

Ich will Abschiedsküsse, Wiedersehensfreude
und das Klingeln eines Weckers,
obwohl ich gar nicht aufstehen müsste.
Ich will den Rotwein nach einer gemeinsamen Shopping-Tour
und jemanden, der weiß, wie ich meinen Kaffee trinke.
Ich will einen Geburtstag mehr,
doppelte Familienfeiern und die Frage:
Wo sind wir Heiligabend?
Ich will über den Markt gehen und gemeinsam kochen.
Ich will ein Bild im Geldbeutel und Urlaubskataloge wälzen.
Ich will "unser Lied"
und für Dich einen Blowjob
für jede Folge Dschungelcamp, die ich gucke.
Ich will erschöpft nebeneinander liegen,
eine Hand, die nachts fühlt, ob ich da bin
und mit einem Lächeln im Gesicht wach werden,
weil Du neben mir liegst.
Ich will Kerzenschein im Restaurant,
diskutieren, obwohl eigentlich nicht nötig
und über Gott und die Welt philosophieren.
Ich will Deinen ungeduldigen Anruf:
"Wann bist Du endlich da?"
und begrüßt werden mit:
"Wie war Dein Tag, Liebes?"
Ich will Deine Krümel unterm Tisch,
miteinander vor dem Fernseher liegen
und Deine Socken in meiner Schublade.
Ich will einen Blick, einen Geruch,
Haut und Worte, die mich sprachlos machen.
Ich will Wasserschlachten beim Zähneputzen
und Dir beim Schlafen zu gucken.
Ich will Momente ohne Zukunft und Vergangenheit,
die nur uns gehören und unsterblich sind.
Ich will, dass Du meinen Horizont mit neuen Erfahrungen
erweiterst und Abende, die im Sonnenaufgang enden.
Ich will Leidenschaft, schweren Atem,
Lustschmerz und tiefe Zärtlichkeit.
Ich will passiv an Grenzen geführt werden

und aktiv über Deine gehen.
Ich will Stille mit Dir ertragen können und laut sein dürfen.
Ich will Dich bewundern und gemeinsame Erlebnisse,
die man nie vergisst.
Ich will mich anlehnen, aufgefangen werden
und gerade deswegen stark für Dich sein.
Ich will emotional berührt werden
und die Welt um mich herum vergessen, wenn Du mich küsst.
Ich will beschützen und beschützt werden
und dass es jemanden gibt,
der sich ohne mich irgendwie nicht vollständig fühlt.
Ich will bis in den Morgen reden, überrascht werden
und Partnersitze im Kino.
Ich will gemeinsam Musik erleben,
dass Du mein Singen erträgst
und laut mitgegrölte Lieder im Auto.
Ich will zu Tränen gerührt sein und Deine Hand,
in die ich mein Gesicht legen kann.
Ich will graue Sonntage im Bett verbringen,
gemeinsam im Regen laufen gehen
und Dein schweißnasses Gesicht küssen.
Ich will genervt sein von Deinen Eigenarten
und Dich trotzdem lieben.
Ich will geschätzt und geachtet werden und wissen,
Du bist da, wenn ich Dich brauche.
Ich will von Armen umschlungen einschlafen.
Ich will, dass Du vor mir stehst,
wenn es nötig ist,
neben mir,
damit wir auf Augenhöhe sind
und zu 100 % hinter mir,
um mir den Rücken zu stärken.
Ich will Deine Stimme,
dir mir Gänsehaut bereitet,
wenn sie meinen Namen flüstert!

Ein finaler Satz

Es ist nur ein Satz, der in ihrem Kopf eingemeißelt scheint, der sie schlaflos Runde um Runde drehen lässt. Sie hat sich getäuscht – mehr als in ihm, in sich selbst. Sie befindet sich auf der Flucht vor ihren Gedanken – sie muss hier raus, doch wo soll sie ankommen?

Ihr Kopf ist zu voll und ihr Herz ist zu leer. Nur sein finaler Satz beherrscht ihre Gedanken. Sie wartet auf das „ENDE", doch noch hat sie Hoffnung, es sei keines, aber was braucht es noch mehr als diesen einen Satz?

Sie ist nicht von ihm enttäuscht – sie ist ernüchtert von sich selbst und den Hoffnungen, die sie sich gemacht hat.

Er? Er hat sich mit diesem Satz fast selbst disqualifiziert, hat für sie alles in Frage gestellt, was bislang war. Und sie verflucht jeden Zweifel, den er damit schürt. Vor allem die Selbstzweifel, die sie befallen – hat sie sich wirklich getäuscht?

Er rückt immer weiter in den Hintergrund, schießt sich selbst ins AUS – dahin, wo sie ihn nie haben wollte. Ist sie einer Farce aufgesessen? Amüsiert er sich schon mit einer anderen? Droht sich Geschichte zu wiederholen? Gut ist das nie.

Sie braucht kein „was wäre wenn" und „vielleicht irgendwann" mehr, sie hat sich getäuscht. Sie hat ihren Verstand aus- und die Gefühle eingeschaltet, sie hat sich verliebt – in ihn oder das Bild das er von sich gemalt hat – das vielleicht sie gemalt hat? Vielleicht hat er nur die Konturen vorgegeben und sie hat beim Ausmalen über den Rand hinaus gemalt? Wer weiß das schon? Was weiß sie schon? Sie weiß gar nichts mehr – sie hat nur den finalen Satz, an dem sie sich festhalten kann.

Offensichtlich kann sie ihren Gefühlen nicht trauen und muss auf das beharren, was er ihr zu geben bereit ist: seiner Wahrheit.

Es bringt nichts, sich weiter den Kopf zu zerbrechen, es zählt nur das, was er sagt.

Wer braucht schon ein Gefühl, wenn er Worte bekommt?

Ihre Gefühle, ihre Intuition haben versagt. Wenn sie sich getäuscht hat, dann hat sie es zu nichts im Leben gebracht, dann glaubt sie dem finalen Satz.

Er hat ihr jeden ihrer Gedanken an „richtig" oder „falsch" abgenommen. Damit hat sie aufgehört über ihn oder gar ein „wir" nachzudenken.

Die ganze Zeit dachte sie, sie hat ihn verloren, aber letztlich hat er sie verloren - mit nur einem Satz.

Wenn kein Gefühl da ist, hilft nur noch der Verstand.

Und doch weiß sie, dass er sie vermissen wird – so wie sie ihn.

Mit ihm war sie weniger allein und jetzt, jetzt scheint das Licht am Ende des Tunnels kaputt zu sein…

Die Hoffnung bleibt, dass es im Morgengrauen vorbei ist… vielleicht schläft sie auch nur nicht, weil ihr vor dem Morgen graut?

Vielleicht in einem anderen Leben – vielleicht irgendwann…

Ihr Kopf zu voll und ihr Herz zu leer…

Wie kann ein einziger Satz es gleichzeitig so schwer und doch so leicht machen?

Nur ein einziger, finaler Satz!?!

DUETT

Eine Ode an…

Ein Nachruf auf…

Eine Ode an...

Nur noch 19 Tage, bis wir uns wieder sehen.
Lange ist es her – fast ein Jahr jetzt!
„Das ist doch nicht lang?!", werden manche sagen.
Aber wenn die Sehnsucht und das Heimweh rufen,
dann kann ein Jahr eine Ewigkeit sein.
Da werden ja selbst 19 Tage schon zur Herausforderung.
19 Tage also noch – einerseits kann ich es nicht abwarten,
endlich wieder bei Dir zu sein, andererseits sind 19 Tage auch
ein Countdown, ein Herunterzählen von (zu) wenigen Tagen,
die nur noch bleiben.
Ich weiß, dass Du mich wieder abholen wirst bei mir –
mich dann rundum erneuerst.
Das hast Du in den letzten Jahren schon so gemacht.
Warum auch immer gibt es da diese Seelenverbindung
zwischen uns.
Innerhalb weniger Tage passiert etwas mit mir,
wenn ich bei Dir bin, ich finde mich selbst wieder.
Mit dem Abstand, den ich durch Dich bekomme,
werden mir Dinge klarer, bewusster, stärkt sich meine
Willens- und Durchsetzungskraft - Du tankst mich auf…
mit positiver Energie, einem Schuss mehr Lebensfreude und
glasklaren Erkenntnissen.
Bei Dir kann ich, ich selbst sein
und Du machst mich doch zu einer anderen.
Nie bin ich von Dir gegangen als die, die kam.
Du bist eine große Liebe für mich –
zwei Mal schon warst Du Grund für eine Trennung,
wenn ich von Dir zurückkam.
Dabei hast Du nichts weiter gemacht,
als mich „ich" sein lassen und mir damit die Augen geöffnet.
Du hast mich sehen lassen, was ich sonst nicht sehe,
gefangen in meinem Alltag.
Jede meiner Seiten darf ich bei Dir ausleben –
die ruhige, melancholische an Deinen Ufern am Tag,
die wilde, wenn ich mir nachts die Füße wund tanze.
Nie einsam bei Dir, aber allein – und das ist gut so.
Wahrscheinlich ist es genau die Mischung, die Du mir bietest,
ist es genau dieses Ausleben meiner selbst,

das mich Dir so verbunden fühlen lässt.
Ich weiß, dass kaum einer versteht, was Du für mich bist.
Verständnislos schütteln sie mit dem Kopf.
Aber uns, das muss auch keiner verstehen!
Noch nie habe ich Dich so herbei gesehnt wie in diesem Jahr –
wie sehr ich es brauche bei Dir zu sein!
Und noch nie habe ich es mir doch anders gewünscht –
aber das ist eine andere Geschichte.
Ich weiß, Du wirst mich auf Deine unerklärliche Art auffangen.
Du wirst mich mit Wärme, Sand, Meer
und Partynächten versorgen und mich mal wieder
bei mir und Dir ankommen lassen.
Du wirst Spuren bei mir hinterlassen,
wie ich in Deinem Sand.
Nein, wahrscheinlich versteht wirklich niemand,
wer Du eigentlich für mich bist.
Du lässt mich erkennen, wer ich bin und sein kann.
Jedes Mal, wenn ich von Dir zurückkomme, bin ich gewachsen
an den Herausforderungen meines Lebens und kann sie
abstreifen, die alte Haut, die mich einengt.
Diesmal wirst Du mir Rettungsanker und Zuflucht zugleich
sein, wirst mich trösten und ich weiß, wenn ich Dich verlassen
muss, werde ich wieder weinen – wie jedes Mal.
Du bist einfach eine große Liebe –
mein Seelenort… mein Mallorca.

Ein Nachruf auf...

Ach Du...
Was ist denn da nur mit uns passiert?
Was war denn dieses Mal anders als die anderen Male?
Ich weiß es noch gar nicht so genau?!
Vielleicht hast Du Dich einfach geändert?
Aber wahrscheinlicher ist wohl,
dass ich mich verändert habe
und wir deswegen nicht mehr so gut
miteinander klar gekommen sind?
Verstehe mich jetzt bitte nicht falsch,
ich liebe Dich schon immer noch!
Wie könnte ich auch nicht?
Du bist zauberhaft, wild, tobend, magisch für mich.
Aber vielleicht mag ich nur die Seite von Dir nicht,
die Du mir dieses Mal gezeigt hast?
Du bist schwierig geworden –
ich verstehe Dich nicht mehr.
Nein, wenn ich so recht drüber nachdenke,
bist Du wohl wie immer –
es scheint an mir zu liegen.
Ein Grund mag sein, dass ich nichts mehr Suche bei Dir.
Weil ich nichts und niemanden mehr finden muss.
Dieses Mal war ich bei Dir, obwohl ich doch schon alles hatte,
was mein Herz begehrt.
Ein sehr zwiespältiges Gefühl.
Deine Oberflächlichkeit kann ich nicht mehr weglachen,
weil ich die Tiefgründigkeit zu schätzen gelernt habe.
Vielleicht haben wir auch nur zu viel Zeit miteinander
verbracht in den letzten Jahren?
Wahrscheinlich sind wir uns nicht mehr so nahe,
weil ich älter, reifer und weiser geworden bin?
Ich brauche Deine Leichtigkeit nicht mehr,
weil ich erleichtert bin.
Mit Dir muss ich nicht mehr aus meinem Alltag ausbrechen,
denn ich mag ich inzwischen ganz gerne, so wie er ist.
Verstehst Du das?
Ich brauche Dich nicht mehr,
damit Du mir zeigst, wer ich bin,

denn ich habe mich selbst gefunden, seit unserem letzten Mal.
Du musst mein Selbstbewusstsein nicht mehr stärken
und aufpolieren, durch Deine erfrischende, unkomplizierte Art.
Heute weiß ich von ganz alleine, was mich ausmacht.
Alles war anders dieses Mal zwischen uns.
Wir hatten immer noch eine verdammt gute Zeit miteinander,
Du bist mir immer noch Heimat und Zuflucht,
aber länger als ein paar Tage ertrage ich Dich wohl nicht mehr.
Wir haben uns auseinander gelebt, Du und ich.
Und wenn ich so darüber nachdenke,
muss ich feststellen,
dass ich Dich wohl wirklich nicht mehr liebe,
weil ich mich in jemand anderen verliebt habe –
in mich, mein Leben.
Ich liebe Dich nicht mehr,
aber ich bin Dir dankbar für all das,
was Du in den letzten Jahren für mich getan hast.
Mein Mallorca…
Lass uns Freunde bleiben!

Wenn man nichts zu sagen hat

Eines meiner Lebensmottos ist: „Wenn Du nichts nettes sagen kannst, dann sag gar nichts!" – daran versuche ich mich wirklich zu halten, denn warum sollte ich mir und anderen den Tag verderben?

Das hat nichts damit zu tun, dass ich nicht Kritik äußere, wenn sie angebracht ist und ich gefragt werde, aber manchmal sage ich einfach nichts. Weil es mir nicht weh tut, nichts zu sagen, im Gegensatz zu meinem Gegenüber vielleicht, den ich unnötig treffen könnte.

Ich bin auch der Meinung, dass ich nicht zu allem eine Meinung haben und die kundtun muss. Zu manchen Dingen habe ich einfach nichts zu sagen oder will auch gar nichts dazu sagen. Da fehlt mir Zeit und Muse, um mich mit etwas zu beschäftigen, was mich gar nichts angeht oder mich gar wo einzumischen, wo ich nichts zu suchen habe.

Leider scheint das aber nicht allen so zu gehen.

Besonders regen mich Menschen auf, die nicht nur meinen ungefragt ihren Senf zu etwas dazu geben zu müssen, sondern es auch noch zu Dingen oder Situationen tun, von denen sie keine Ahnung haben. Vielleicht, weil sie die Hintergründe nicht kennen oder selbst nie in so einer Situation waren oder auch, weil es weit ab von ihrem Leben ist und sie gar nicht betrifft.

Wenn ich eine Meinung möchte, dann frage ich! Und dann frage ich genau die Personen, von denen ich weiß, dass sie meinen Standpunkt zu etwas verstehen und nachvollziehen können was meine Beweggründe sind oder ich einfach weiß, dass sie kompetent im angefragten Bereich sind.

So wäre es zum Beispiel völlig am Ziel vorbei, jemanden bezüglich meiner PR für die Bücher zu fragen, der den ganzen Tag im dunklen Kämmerchen programmiert und Menschen meidet wie der Teufel das Weihwasser. Es wäre auch sehr fraglich jemanden um seine Sicht der Dinge in Bezug auf

Zwischenmenschliches zu befragen, wenn man genau weiß, dass diese Person einfach ein sozialinkompetenter Idiot ist. Es wäre wie eine Nonne zu meinem ersten Buch zu befragen. Das funktioniert einfach nicht!

Wenn ich also einen guten Rat brauche, dann suche ich mir genau den Menschen in meinem Umfeld aus, dem ich eine fundierte Antwort oder auch Kritik zutraue. Nicht nur fundiert, sondern auch qualifiziert.

Sollte ich ein PC-Problem haben, werde ich mich an andere wenden.

Ich mag Anregungen, Kritik, Denkanstöße! Aber nichts hasse ich mehr, als wenn sie ungefragt von Menschen kommen, die weder mich, noch meine Arbeit kennen oder gar verstehen und es vor allem diese Person gar nicht betrifft.

Früher habe ich es mir angehört, mich geärgert und versucht es einfach abzuhaken. Doch damit ist jetzt Schluss! Zukünftig werde ich mir das Recht herausnehmen völlig undiplomatisch mit einem „Einfach mal die Fresse halten!" zu kontern.

Oder ich werde ganz liebenswürdig, mit einem Lächeln, Sven van Thom zitieren: „Schatz, halt's Maul!"

Aber das entscheide ich situationsbedingt – vielleicht habe ich auch einfach gar nichts dazu zu sagen.

Weihnachtswünsche

Lieber Mr. X,

Du hast mich gestern gefragt, was ich mir von Dir zu Weihnachten wünsche… und ich war irgendwie überfordert, denn alles, was ich haben möchte, kaufe ich mir für normal selbst. Deswegen bat ich Dich, mir doch einfach einen Gutschein zu schenken. „Einen Gutschein?", hast Du gefragt, „Ernsthaft?" und ich sagte „Ja. Ich schick Dir morgen mal was in Frage kommt, dann kann ich mir selbst etwas aussuchen. Ist ja besser, wie wenn Du mir was schenkst, wo ich mich dann gar nicht drüber freue!" Ich habe Dir angesehen, dass Du entsetzt warst von dem Gedanken, mir einen unpersönlichen Gutschein schenken zu sollen. Aber ich wünsche ihn mir, diesen Gutschein! Ich habe mal für Dich aufgeschrieben, für was er gelten sollte. Wundere Dich nicht über die große Auswahl – ich wollte nur, dass es für mich eine Überraschung bleibt was Du letztlich nimmst.

Ich wünsche mir einen Gutschein für (bitte auswählen):

- ★ Einen Abend am 2. Weihnachtsfeiertag bei meiner Lieblingsband in den Würzburger Posthallen. Lass uns gemeinsam das gute Weihnachtsessen wegrocken. Ich will mit Dir tanzen, singen, unsere Körper vom Takt der Musik erfassen lassen. Lass uns dort Freunde treffen, wilden Spaß haben und später, später würde ich gerne meine Hände unter nassgetanztes T-Shirt schieben und das Leben spüren.
- ★ Einen Besuch auf dem Weihnachtsmarkt. Es darf gerne auch im nächsten Jahr erst sein. Ich will gemeinsam mit Dir meine Hände am Glühwein wärmen, Dir Deinen Schal richten, während Du mir meine Mütze tiefer über die Ohren ziehst, lass uns gegenseitig mit gebrannten Mandeln füttern, unsere eiskalten Nasen aneinander reiben und uns dann daheim – völlig durchgefroren – mit einer Tasse Tee unter meine große Kuscheldecke verziehen.

- ★ Vorlesen. Würdest Du mir aus meinem Lieblingsbuch vorlesen, während ich meinen Kopf in Deinem Schoß liegen habe, die Augen geschlossen und einfach nur Deiner Stimme lausche?
- ★ Ein Picknick im Park. Während um uns herum das Leben tobt, sitzen wir auf unserer Decke, genießen Wein, Käse und Brot. Vielleicht legst Du ja sogar noch eine Runde Federball drauf? Das wäre schön!
- ★ Eine Pizza aus dem Karton, da wo wir unser erstes Date hatten. Erinnerst Du Dich? Pack noch zwei Flaschen Radler mit ein, ein paar Teelichter und den Hund. Mehr brauche ich nicht zum glücklich sein.
- ★ Einen Ausflug ans Meer… wusstest Du, dass mein Traum schon immer war, da einmal mit Daisy am Strand entlang zu laufen? Das Mädchen liebt das Wasser. Was sie wohl zu dem riesen Tümpel sagen wird? Es muss nicht im Sommer sein. Lass uns dick eingemummelt in Wanderstiefeln am Strand entlanglaufen, während mein alter Hund um uns herum hüpft und die Wellen jagt – so stelle ich mir Glück vor.
- ★ Eine durchgefeierte Nacht. Einmal richtig feiern ohne groß nachzudenken, das ist Leben! Lass uns die Nacht dann in der Stille ausklingen, zusammen den Mond anschauen und auf den Sonnenaufgang warten.
- ★ Eine Nacht mit Dir – ohne Zeitdruck einfach nur bei und mit Dir sein. In Deinen Armen einschlafen, nachts wach werden, nur um sich anzufassen, zu riechen, zu spüren, mit Deinem Lächeln aufwachen. Kann es schöner sein?
- ★ Einen Schneemann. Lass uns zusammen einen Schneemann bauen. Herrlich schief und unperfekt soll er sein! Lass uns zusammen im Schnee toben und eine Schneeballschlacht will ich. Das wäre zauberhaft!
- ★ Einen Saunabesuch. Oh ja, denkst Du jetzt, wie einfallslos. Aber wie romantisch es wäre, den ganzen Tag mit Dir zu haben, zu entspannen, am Abend, wenn überall Kerzen brennen, in Bademäntel gemummelt über Gott und die Welt reden, während Du meine Hand hältst. Ich mag meinen Kopf an Deine Brust legen und für ein paar Stunden die Welt vergessen.

- ★ Ein Abendessen mit Freunden. Lass uns zusammen kochen, ich verspreche auch, dass Du der Küchenchef sein darfst! Ich eigne mich eher zum Schäler, Schneider und Handlanger. Lass uns einen Abend mit all den verrückten Menschen verbringen, die wir lieben. Wir gehen zusammen einkaufen, bereiten alles vor, Du schwingst bei einem Glas Wein den Kochlöffel und wir horten unsere Lieblingsmenschen um uns.
- ★ Einen Besuch im Februar bei meinem Lieblingskünstler. Sei an meiner Seite, da du weißt, wie sehr mich seine Musik berührt. Ich brauche jemanden, der mich versteht, ohne Worte, bei diesem Konzert. Der meine Hand hält, mich ansieht und einfach nur weiß, was die Musik in mir bewirkt. Kommst Du mit?
- ★ Ein ganz normales Wochenende mit Dir – einfach all das tun, was man eben so tut an einem Wochenende. Einkaufen, lesen, kochen, Freunde treffen, zusammen frühstücken und den grandiosen Sex, muss ich nicht extra erwähnen, oder?
- ★ für eine lange Kinonacht daheim. Lass uns wahllos einen Film nach dem anderen in den DVD-Player schieben, Popcorn essen und zusammen lachen, weinen und gespannt sein.
- ★ für einen Nachmittag in meiner Lieblingsbuchhandlung. Lass uns zusammen in Büchern stöbern, uns gegenseitig zeigen, was wir gefunden haben und mit einem Berg Büchern nach Hause gehen.
- ★ für gemeinsames Musik machen. Du spielst Gitarre und ich singe. Lass uns Lied um Lied anstimmen, völlig schief und krumm und einfach nur Spaß haben dabei.

Na, glaubst Du immer noch es sei unpersönlich einen Gutschein zu verschenken? Wenn Du mich heute nochmal fragst, was ich mir von Dir zu Weihnachten wünsche, weiß ich jetzt die Antwort, denn wenn ich mir meine Wünsche so ansehe, wünsche ich mir nur eines von Dir und das ist das Größte, Wichtigste und Wertvollste, was Du mir zu Weihnachten schenken kannst: Schenke mir bitte einfach nur Zeit mit Dir! In Liebe, Deine XY

Ich stehe nicht zur Verfügung!

Ab und an muss ich mich zurückziehen – da nehme ich Urlaub von allen! Von Freunden, Familie, Lesern, manchmal sogar Urlaub von mir selbst. Dann brauche ich Zeit für mich – Zeit, um mit dem Hund zu laufen, mir den Wind um die Ohren blasen zu lassen und einfach mal nichts zu hören, nichts außer meinen eigenen Gedanken…
Viel zu oft ist nämlich massenhaft um mich herum los, so dass ich die eigene Stimme in meinem Kopf nicht mehr höre – oder gar mein Bauchgefühl. Wenn um mich herum zu viel Trubel und Lärm ist, dann brauche ich Abstand von dem Krach und meine Ruhe. Dann will ich auch nicht reden müssen oder mich erklären, dann will ich nur eines: allein sein! Nicht weil ich muss, sondern vor allem weil ich es will und es auch kann, alleine sein.
Von meiner Umwelt erwarte ich dann gar nichts – außer Akzeptanz. Paradoxerweise habe ich sowieso festgestellt, dass ich sehr viel glücklicher bin, seit ich von niemand anderem mehr erwarte, dass er mich glücklich macht. Wer mich kennt, weiß, dass ich diese Rückzüge in mein Inneres brauche, um wieder zur Ruhe zu kommen. Ganz dreist sage ich dann: „Ich stehe nicht zur Verfügung!"
Sonst spreche ich ja gerne mit allen und jedem, aber gerade und besonders, wenn es um meine Belange oder Entscheidungen geht, will ich keine andere Meinung, bis ich dazu gekommen bin, die Stimme in mir zu befragen, meine eigenen Gedanken wieder zu hören.
Vielleicht bin ich deswegen so gerne in der Nacht wach? Es herrscht eine herrliche Stille um mich herum, die durch nichts gestört wird. Weder von Anrufen, Gesprächen, Nachrichten, dem Internet, dem Fernseher und noch nicht mal meine geliebten Bücher lenken mich dann davon ab, mal in mich zu hören.
Wenn ich also das nächste Mal wie vom Erdboden verschluckt erscheine, dann wisst, dass ich mal wieder ein Gespräch mit meiner inneren Stimme und meinem Bauchgefühl führe.

Psssst…. Leise sein! Bitte nicht stören!

Hab keine Angst...

Bitte hab keine Angst vor dem, was morgen kommen mag.
Hab keine Angst vor den Zweifeln, die in Dir toben.
Hab keine Angst vor den Alpträumen,
die Dich nicht schlafen lassen.
Mach Dir jetzt bitte keine Sorgen mehr!
Ich bin hier heute Nacht und passe auf Dich auf!
Du musst es nur zu lassen, lass mich wissen,
was Dich umtreibt, zeige mir, was Dich so ängstigt.
Vertraue mir, damit ich Dich verstehen kann.
Ich decke Dich zu, bevor Du an der Kälte der Welt erfrierst.
Ich muss es eigentlich gar nicht verstehen –
Ängste sind irrational!
Aber wenn sie Dich entsetzen,
dann werde ich mit Dir zusammen gegen sie kämpfen.
Weine ruhig – und wenn Du alleine sein willst, dann gehe ich.
Oder ich bleibe – solange Du willst.
Ich stelle mich vor Dich und verjage die Zombies,
die sich in Deinem Kopf einnisten wollen –
gemeinsam kommen wir gegen sie an.
Ich schicke die Monster wieder unter Dein Bett,
von wo sie hervorgekrochen sind.
Lass mich an Deiner Seite sein
und diese Schlacht heute Nacht mit Dir schlagen.
Hab keine Angst, ich bin da.
Du musst Dich jetzt nicht mehr zusammen reißen,
schreie, weine, tobe, lass einfach raus,
was Dich wahnsinnig macht.
Du musst Dich an keine Regeln mehr halten.
Hab keine Angst, ich bin für Dich da.
Leg Deinen Kopf an meine Schulter
und komme in meinen Arm –
nirgends wirst Du heute sicherer sein.
Hier bist wirst Du behütet und beschützt.
Und wenn Du von Alpträumen geplagt aufschreckst,
dann hab keine Angst – ich bleibe wach und pass auf Dich auf.
Hab keine Angst –
heute Nacht bin ich bei Dir!

Das Fernhalten vom Glück

Kennst Du das, wenn Du etwas lieber beenden willst, als es auszuleben, aus lauter Angst heraus, es könnte wieder wehtun? Legen wir uns damit selbst Steine in den Weg oder schlägt da einfach nur unser Selbstschutz-Radar an?
Eine Freundin hat zu mir gesagt: "Hör mit dem ganzen Wenn und Aber auf und lebe! Und falls Du wirklich auf die Nase fällst, werde ich da sein und Dir wieder hoch helfen." Wie recht sie doch hat! Man kann sich nämlich nicht vor dem Schmerz schützen, ohne sich auch gleichzeitig vom Glück fernzuhalten.
Und vor lauter schlechten Erfahrungen, die wir irgendwann in unserem Leben mit irgendwem gemacht haben vergessen wir, dass jeder, der in unser Leben tritt, eine neue Chance verdient hat. Dass diese Menschen es verdient haben, dass wir ihnen vorurteilsfrei entgegen gehen und sie nicht für unsere Vergangenheit büßen lassen dürfen - so schwer es uns auch fällt. Was für einen Zirkus wir uns manchmal selbst machen! Dabei steht doch nur eines fest: irgendwann werden wir sterben! Jeder von uns! Allein diese Tatsache sollte dafür sorgen, dass wir wirklich anfangen zu leben, zu lieben. Aber nein, wir lassen uns von Trivialitäten terrorisieren und von unseren Erfahrungen klein halten. Was haben wir am Ende davon?
Gar nichts!
Ich für mich habe beschlossen, dass ich mir nicht einmal vorwerfen möchte, dass ich nicht gelebt oder geliebt habe! Natürlich können wir nicht jeden Tag so leben als wäre es unser letzter, aber wir können das Beste aus jedem Tag herausholen. Den Versuch starte ich ab sofort!
Vielleicht gibt es die eine Person in unserem Leben, die uns zeigt, dass es die wahre Liebe gibt, aber dieselbe Person kann uns auch zeigen, dass es keine Märchen gibt! Und wenn es die eine Person nicht wahr, die dafür gesorgt hat, dass es wie im Märchen gut ausgeht, dann war es wahrscheinlich auch nicht die wahre Liebe! Dann habe ich ja vielleicht noch gute Chancen, die wahre Liebe zu finden. Wer weiß?

Mit jedem Herzschlag fühle ich mich wie neugeboren! Ein guter Tag für Neuanfänge jeglicher Art und vor allem dafür an das Leben und die Liebe zu glauben!

Schutzhüllen

Ich will alle Schutzhüllen fallen lassen,
alte Masken ablegen und starre Mauern einreißen.
Endlich wieder damit anfangen ICH zu sein.
Mir selbst wieder in die Augen schauen können,
ohne mich vor mir selbst verstecken zu müssen.
Wen siehst DU, wenn Du mich ansiehst?
Glaubst Du, das bin wirklich ich?
Oder ist es nur die Mischung von dem Bild,
das Du von mir hast und der, die ich vorgebe zu sein?
Ich habe das Schauspielern so satt!
Leider bin ich nur so gut darin geworden,
dass ich mich hinter den Fassaden erstmal wieder
selbst suchen gehen muss.
Wer bin ich?
Und wann bin ich zu der geworden,
die ich dachte sein zu müssen?
Der Weg zu mir zurück ist lang und steinig.
Aber ich mag mich nicht mehr in Sackgassen verlaufen,
habe viel zu oft die falsche Abzweigung genommen
und wieder umdrehen müssen.
Bin so lange im Kreis gelaufen,
bis mir schwindelig war.
Doch jetzt gehe ich mit kleinen Schritten voran,
die immer größer werden, weil sie endlich ihr Ziel erreichen
wollen: Mich - bei mir ankommen.
Oh ja, es gab viele Tote und Verletzte auf meinem Weg.
Eitelkeiten mussten verbannt werden,
andauernder Schmerz, der nicht weichen wollte.
Verletzungen wollten nicht heilen, brachen immer wieder neu auf,
sind noch da, werden aber langsam blasser.
Ich musste so viel Stolz und Selbstwert herunter schlucken,
dass ich drohte daran zu ersticken.
Ängste ließen mich voller Panik erstarren,
nicht mehr fähig auch nur noch einen Schritt in die richtige
Richtung zu gehen.
Wie oft habe ich all dem nicht mutig die Stirn geboten,
sondern mit geschlossenen Augen einfach gehofft,

dass es vorüber gehen möge?
Wie oft bin ich verzweifelt, gestrauchelt, habe geweint,
geschrien - einsam, allein?
Doch ich bin auch immer wieder aufgestanden und weiter gegangen,
habe mich doch nie so recht von meinem Weg anbringen lassen,
manchmal einfach nur weite Umwege genommen.
Und jetzt, wo ich anfange mich selbst wieder zu finden,
weiß ich, dass es all die Kraft, den Mut und die Tränen wert war.
Die letzte Schlacht ist geschlagen -
ich mag nicht mehr kämpfen.
Jetzt, wo ich anfange wieder ich zu sein,
weiß ich, dass ich mich nicht mehr für andere verstellen will.
Ich bin genauso wie ich bin gut -
mit allem was zu mir gehört.
Jetzt, wo ich anfange wieder ich zu sein,
weiß ich, dass niemand mehr in mein Leben passt,
der nicht versucht mich anzunehmen wie ich bin,
wie ich auch versuchen werde ihn anzunehmen wie er ist.
Jetzt, wo ich wieder anfange ich zu sein,
soll mich niemand mehr von meinem Weg abbringen,
sondern ihn mit mir gemeinsam gehen.
Jetzt, wo ich wieder anfange ich zu sein,
komme ich wieder bei mir an.
Kommst auch Du bei mir an?
Jetzt, wo ich wieder anfange ich zu sein,
wird mein Leben gefüllt mit purer Lebenslust.
Jetzt, wo ich wieder anfange ich zu sein,
öffne ich mich neuen Welten und Begegnungen.
Jetzt, wo ich wieder anfange ich zu sein,
weiß ich dass ich liebenswert bin.
Jetzt, wo ich wieder anfange ich zu sein,
weiß ich, dass ich einem "Morgen" mit offenen Armen entgegen laufe,
voller Aufregung, was es mir wohl bringen mag.
Jetzt, wo ich wieder anfange...

ICH ~ SEIN!

Das Messer in der Wunde

Manchmal sind die Menschen, die Meilensteine, unsere große Liebe, auch gleichzeitig die Menschen, von denen Franz Kafka sagt: „Auch ist das vielleicht nicht eigentlich Liebe, wenn ich sage, dass Du mir das Liebste bist. Liebe ist, dass Du mir das Messer bist, mit dem ich in mir wühle."

Über diese „Meilensteine" im Leben, unsere große Lieben (ja, ich bin davon überzeugt, dass es nicht nur „die eine" große Liebe geben kann), kommt man wohl nie so ganz hinweg, aber man kommt an einen Punkt, wo es einem nicht mehr ganz so zu schaffen macht, nicht mehr (ganz so) weh tut.

Im Laufe der Zeit versteht man: was halten soll, hält. Was nicht hält, sollte wohl nicht so sein. Wie sagt man so schön (und eigentlich hasse ich solche Plattitüden, aber hier ist es angebracht): „Die Zeit heilt alle Wunden" – und was die Zeit nicht heilen kann, das muss man selbst heilen. Vergessen wird man nie, aber vielleicht verzeihen, für sich den inneren Frieden finden und abschließen.

Und eines Tages wird man mit einem Lächeln auf dem Gesicht von „ihm (oder ihr)" erzählen können und es wird sich nicht mehr anfühlen, als ob Dir jemand das Messer in der Wunde umdreht.

Narben bleiben immer – aber sie heilen und sind irgendwann nur noch eine dünne, fast unsichtbare Linie, quasi eine Erinnerungsstütze. Sie erinnern an das Schöne, das man miteinander hatte, machen uns leicht wehmütig, aber hoffentlich erinnern sie uns auch daran, wie schmerzhaft sie „frisch" waren und vor allem daran was wir nicht mehr wollen, was uns nicht noch einmal passieren soll / darf.

Wie schön, wenn man sagen kann: „Ich war die, die Dich geliebt hat. Auch wenn Du mir 1000 Gründe geliefert hast es nicht zu tun." und wenn man vor allem zurückblicken kann, ohne dass es schmerzt – mit einem Lächeln – ohne Trauer, Wut, Enttäuschung oder gar Hass.

Manchmal muss man jemanden verlassen, auch oder besonders, wenn man ihn liebt. Manchmal muss man sich selbst einfach mehr lieben als dass man bleiben könnte, weil der Schmerz sonst unerträglich wird. Manchmal reicht es wohl auch einfach nicht mit ganzem Herzen zu lieben. Dann muss man gehen, um seiner selbst willen. Und manchmal muss man für sich rausfinden, ob man nur seine Zeit verschwendet (wenn auch vielleicht mit den süßesten Dingen).

„If you brave enough to say goodbye, life will reward you with a new hello." (Paul Coelho)

(frei übersetzt: Wenn Du mutig genug bist zu gehen, belohnt Dich das Leben mit einem Neuanfang)

Eine schöne Vorstellung!

Lasse nicht zu, dass der Schmerz Dich zu lange vom Leben abhält – egal, ob Du verlassen wurdest oder verlassen musst.

Sei mutig!

„Man muss Straßen erobern, wenn Wege sich trennen"!

Die traurige Wahrheit ist wohl, dass so viele Menschen, die sich lieben nicht zusammen sind und so viele, die sich nicht lieben es sind.

Ein bisschen Heimat...

Fühlst auch Du Dich manchmal heimatlos?
Was ist Heimat überhaupt?
Heimat ist dort, wo Dein Herz zur Ruhe kommt
und Du geliebt wirst.
Für mich gibt es wenige Orte, die meine Seele streicheln,
von denen ich behaupte, dass sie Heimat für mich sind.
Einer dieser Orte ist für mich Mallorca,
irgendetwas verbindet mich mit dieser Insel.
Jedes Mal, wenn jemand von ihr erzählt,
bekomme ich „Heimweh" und wenn ich lande, ist mein erster
Gedanke: „Endlich wieder daheim!".
Und es gibt noch ein „Stückchen Heimat" –
meinen Lieblingsort am Main.
Wenn ich da sitze, auf die Weinberge sehe, dem Wasser beim
Fließen zu gucke,
werde ich ganz ruhig, komme an und habe einen der wenigen
Momente, wo ich denke: „Das ist Heimat."
Aber eigentlich ist Heimat gar kein Ort...
Heimat ist mein Lieblingshund, Heimat sind Menschen,
die mich lieben, verstehen und akzeptieren,
mit allen Stärken, Schwächen und Eigenheiten.
Und ein ganz großes Stück Heimat
müssen wir wohl in uns selbst suchen und finden!
Manchmal habe ich Heimweh nach etwas,
von dem ich noch nicht mal weiß, ob es existiert.
Heimat ist der Mensch,
der mein Herz erfüllt,
der meinen Körper liebt
und meine Seele versteht.
Heimat, das ist kein Ort!
Heimat ist die Person, bei der wir uns daheim fühlen.
Heimat ist nichts anderes, als jemand, der Dich festhält,
wenn Du am dunkelsten Punkt Deiner Seele bist.
Ein bisschen Heimat...
Was ist Heimat für Dich?
Ich wünsche Dir, dass Du einen Menschen hast,
der Heimat für Dich ist,
der Dich umarmt und der Dir zeigt, dass Heimat kein Ort ist!

Wenn keiner Dich versteht

Niemand versteh mich –
dabei wäre es doch so einfach.
Ich müsste es halt nur mal jemanden sagen –
wie ich mich fühle
und was bei und in mir los ist.
Es kann mich keiner verstehen –
weil Gedankenlesen wohl nicht
jedermanns Gabe ist.
Vielleicht sollte ich mir einfach mal
die Mühe machen,
mich zu erklären?
Genau das tun,
was ich immer von allen anderen verlange?
Sprich mit mir!
Sag mir was los ist!
Vielleicht sollte ich…?!
Aber es ist wesentlich einfacher,
laut darüber zu jammern,
dass mich keiner versteht.
Sich öffnen macht ja auch verletzlich.
Ach nö!
Bevor es weh tut,
sag ich lieber nix!
Dann kann ich weiter die Unverstandene geben!
Sollen sie doch alle lernen
Gedanken zu lesen!

Das Wunder des Verliebtseins

Wie schön und schrecklich es zugleich sein kann verliebt zu sein... kennst Du das? Dabei gibt es doch nichts Wundervolleres als kleine, wild im Bauch umherflatternde Zitronenfalter... und dann möchte man trotzdem einfach nur einen Liter Insektenvernichtungsmittel trinken, damit sie aufhören uns kirre zu machen. Manchmal ist das gefährlichste Tier für den Menschen der Schmetterling!

Was eine Qual, wenn man dem anderen seine Gefühle noch nicht gestanden hat, im Ungewissen ist, was der Gegenüber fühlt oder einfach schon weiß, dass man keine Chance hat, dass unsere Gefühle erwidert werden und wie schön andererseits, wenn jemand genauso für uns fühlt wie man selbst es tut.

Das Wunder des Verliebtseins liegt so vielem inne...
zusammen in einen altem Antiquariat nach Büchern stöbern, über Flohmärkte laufen, Händchenhaltend im Café sitzen, gute Musik hören, sich Geschichten erzählen, ein tiefer Blick in die Augen, einfach nur die Stimme des andern hören und eine Gänsehaut bekommen, wenn sie Deinen Namen ausspricht.

Wie wundervoll, wenn es jemanden gibt, der Dich mit dem gewissen Zauber in den Augen ansieht, jemanden, den Du fragst: "Glaubst Du an Magie?" und er antwortet: "Ich glaube an Dich und Du bist das magischste, was mir je begegnet ist!"

Es gibt Dutzende Menschen, die Dir den Atem rauben werden, aber derjenige, der Dich daran erinnert zu atmen, das ist der, in den Du Dich verlieben solltest!

Auch wenn das Verliebtsein schrecklich und schön zugleich sein kann – habe keine Angst davor Dich zu verlieben!

Und auch wenn Du vielleicht enttäuscht wirst – allein zu wissen, dass die kleinen Tierchen noch in der Lage sind zu fliegen, ist unbeschreiblich zauberhaft!

Falls es letztlich aber doch klappt, mit dem gegenseitigen verlieben, ist es das wundervollste was uns passieren kann!

Ich gehe jetzt mal gucken, ob da draußen ein paar Zitronenfalter (alternativ auch gerne Glühwürmchen) für mich rumschwirren, die sich vielleicht in meinen Bauch verirren möchten?!

Ich freue mich auf das Kribbeln im Bauch!
Du auch?

No Games, no Shit, just Love

Heute Morgen habe ich einen Bericht darüber gelesen, was man tun soll, um den Richtigen zurück zu gewinnen, falls er sich zurückzieht. Der Autor meinte, dass man sich als Frau dann auch zurückziehen soll, sich nicht melden, wenn er sich dann wieder meldet, ihm seine Gefühle nicht zeigen soll und so weiter…

Je mehr ich gelesen habe, umso mehr hat mich aufgeregt, was mir da geraten wurde, denn erstmal hat sich mir die Frage gestellt, warum zieht der Mann sich denn einfach zurück ohne mir zu sagen warum? Denn wäre es der „Richtige" würde er mir doch so was sagen wie: „Sorry, ich bin beruflich total gestresst; (oder) Ich brauch mal 1-2 Tage Abstand, es hat aber nichts mit Dir zu tun, ich melde mich wieder." Wenn es der „Richtige" wäre, würde er sich doch nicht einfach sang- und klanglos von mir zurückziehen und mich im Unwissen lassen, oder? Und dann diese unsäglichen Tipps „zum Spielchen spielen". Wie mich das nervt!

Ich habe keine Lust mehr auf Taktik und Spielchen! Wenn er der „Richtige" ist, dann ist das auch gar nicht nötig. Wenn er nicht erkennt, dass es mich verletzt, wenn er sich ohne Begründung zurückzieht, dann kann er auch nicht der „Richtige" sein, oder?!

Ich habe keine Lust mehr nicht zu zeigen wenn mich etwas verletzt – ich werde das sagen. Genauso wenig werde ich mich für meine Emotionalität entschuldigen. Ich rechtfertige mich nicht dafür, dass ich ihn vermisse, noch weniger dafür, wenn ich ihn das wissen lasse und es mir ein Bedürfnis ist ihm das zu schreiben – egal, ob passend oder unpassend. Ich mag mir auch keine Gedanken darüber machen, ob ich jetzt zuerst schreibe oder gar schon wieder und ob ich nicht warten sollte, bis er sich meldet, weil der Mann doch das Feuer macht. Ich verschwende doch keine Zeit damit, mich vor meinen Gefühlen zu verschließen. Ich will nicht emotionslos oder gar gleichgültig sein, nur weil es vielleicht taktisch klug sein könnte. Ich will ehrlich und authentisch sein dürfen! Wenn das der „Richtige" nicht aushält, wenn er mich nicht aushält, dann sollte ich mir vielleicht mal Gedanken darüber machen, ob er wirklich der „Richtige" für mich ist.

Ich habe keine Angst mehr davor mich zu verlieben und das gegebenenfalls auch zu kommunizieren, aber natürlich habe ich nach wie vor Angst davor, dass es nicht erwidert wird. Dennoch falle ich lieber gleich auf die Nase als erst Monate später, nur weil ich durch das „Spielchen spielen" Zeit verschwendet habe.

Versteh mich nicht falsch! Natürlich ist es nicht immer angebracht das Herz auf der Zunge zu tragen und ganz sicher, sollte man differenzieren können, ob der Gegenüber gerade nur mit dem Kopf woanders als bei mir oder gestresst ist oder ob er einfach schlichtweg kein Interesse an mir hat. Aber wenn er kein Interesse an mir hat, dann kann ich mich noch so lange zurückziehen und mich nicht melden, dann wird ihm das gar nicht auffallen oder zumindest nicht interessieren! Und deswegen bin ich ein Freund von klaren Worten! Wenn er kein Interesse an mir hat, dann darf, soll und muss er mir das sagen, bevor ich mich vor lauter Taktik und Spielchen spielen in irgendwas verrenne! Außerdem habe ich auch gar keine Lust mit jemanden zu spielen, der überhaupt nicht mitspielen will! Wenn ich Spielchen spielen möchte, hol ich das „Mensch ärgere Dich nicht" hervor, aber in einer zwischenmenschlichen Beziehung, hat so was für mich nichts mehr zu suchen – zumal auch die Erfahrung gezeigt hat, dass es seltenst Erfolg hat. Sich ab und an zurücknehmen, ja, ok, aber keine Spielchen!

Ich will einfach nur ich sein dürfen und wenn ich zuerst schreiben will, dann tue ich das – ohne an die Folgen zu denken. Wenn es mir ein Bedürfnis ist etwas zu sagen, dann sage ich es – weil ich sonst platze daran. Wenn mich jemand durch sein Verhalten verletzt, dann muss er das wissen! Wie sonst kann er etwas daran ändern, wenn ihm an mir liegt? Wenn das alles „zu viel" ist, dann lasse ich es lieber gleich – das muss der „Richtige" nämlich aushalten können. Nichts ist waghalsiger, als authentisch zu sein! Es ist ein Abenteuer, sich selbst nicht zu verbiegen! Und wenn ich mich verbiegen muss, dann ist er nicht der „Richtige". PUNKT!

Wenn Dir eine Frau ihr Herz öffnet, um Dich zu lieben, obwohl es schon gebrochen wurde, dann zeugt das von Mut und Stärke. Und ein Mann, der unerschrocken genug ist, eine tapfere, verwegene Frau zu lieben, der ist ein wahrer Held! Ich mag Helden – immer noch! Räuber, Piraten, Drachenzähmer des Alltags – mit nichts weniger will ich mich zufrieden geben!

Die schlimmsten Zeiten meines Lebens habe ich alleine durchgestanden. Ich brauche niemanden! Wenn ich mich entschließe Dich Teil meines Lebens sein zu lassen, dann weil ich Dich wertschätze und Dich genau da haben will – in meinem Leben. Das gilt sowohl für Partner, als aber auch für Freunde und Familie. Wenn ich mich verbiegen muss, damit Du Teil meines Lebens bist, dann hast Du da nichts zu suchen! PUNKT!

Authentisch zu sein ist wohl mit das größte Abenteuer im Leben! Und ich bin abenteuerlustig, aber nicht spielbereit!

Die Unfehlbarkeit des starken Geschlechts

Ach Mist!
Jetzt habe ich doch glatt ^
schon wieder vergessen,
Dich angemessen anzubeten!
Das tut mir leid!
Für einen kurzen Moment
war mir entfallen,
wie toll Du doch bist!
Entschuldige!
Wie konnte ich auch nur an
Deiner Unfehlbarkeit zweifeln?
Du musst verzeihen!
Wie konnte mir nur entgehen,
dass Du der Größte und Beste bist,
dass Dir aber so wirklich gar keiner
das Wasser reichen kann?
Manchmal bin ich aber auch schwer von Begriff!
Natürlich hast Du keine Schwächen!
Umso dankbarer bin ich Dir,
dass Du mir die meinen täglich
aufs Neue bewusst machst!
Wie schön, dass Du mich wissen lässt,
dass Du das starke Geschlecht bist,
sonst könnte das glatt
in den Hintergrund geraten.
Nein, ich weiß ganz genau,
dass Du immer recht hast und nichts,
aber auch rein gar nichts,
an Deinen Worten hinterfragt werden kann.
Natürlich sind auch Deine Taten stets
gut durchdacht und begründet.
Nie wieder werde ich eine davon kritisieren.
Bringt ja auch nichts,
Du bist reinen Gewissens.
Ja, ich habe heute doch glatt
schon wieder vergessen,
Dich anzubeten!
Und dafür entschuldige ich mich in aller Form.

Fast hätte ich vergessen,
wo mein Platz ist:
Dich anhimmelnd zu Deinen Füßen.
Manchmal brauche ich einfach Deinen
klaren Hinweis darauf –
ich bin ja so ein Schussel!
Du hast es wirklich nicht leicht mit mir,
ich weiß.
Ja, ich verspreche Besserung,
ich gelobe sie sogar!
Du wirst Dich zukünftig nicht mehr mit
meinen ganzen Unzulänglichkeiten
befassen müssen.
Ich habe gelernt von Dir –
und aus Deinen Taten und Worten.
Was der gepackte Koffer im Flur soll?
Ich sage doch: ich habe gelernt!

Wer f... will muss freundlich sein!

Manchmal frage ich mich wirklich, was in den Köpfen mancher Männer los ist? Oder ob sie vielleicht irgendwann mal zu heiß gebadet wurden?

Wer mich auch nur ansatzweise kennt, weiß, dass ich kein Freund von One Night Stands bin. Das ist wie Essen bei McDonalds. Du hast Heißhunger darauf, isst schnell und fragst Dich schon eine halbe Stunde später, ob das jetzt wirklich hätte sein müssen. Ich bin eher der Typ für 3-Gänge-Menüs.

Das heißt jetzt nicht, dass ich hier den Moralapostel spielen möchte oder gar behaupten, dass mir so etwas nie passieren könnte. Und wenn zwei Menschen aufeinander treffen, die Lust aufeinander haben – auch wenn es ungezwungen und für eine begrenzte Zeit ist – dann ist doch alles wundervoll!

Für mich gilt aber der Grundsatz „Wer f... will, muss freundlich sein!" und nicht nur freundlich, sondern verdammt noch mal auch ehrlich! Denn ich will wissen, auf was ich mich einlasse oder eben nicht!

Und wenn es einer nicht ganz dumm anstellt, möchte ich auch gar nicht sagen, dass ich mich nicht hinreißen lassen könnte, aber da muss man schon mehr f... als nur meinen Körper!

Wo sind eigentlich die Zeiten hin, wo man „davor" noch ein Date hatte? Wo man daheim abgeholt wurde, ins Kino ging, zusammen essen war und so weiter?

Ist es wirklich schon so weit, dass uns das Gegenüber noch nicht mal mehr das wert ist?

Nein, ich will 3-Gänge-Menüs! Bestehend aus Herz, Hirn und Sex! Denn Sex wird erst dann richtig gut für mich, wenn mein Herz berührt und mein Hirn gef... ist!

Von Liebe und Selbstliebe

Um ehrlich zu sein, braucht (Selbst-)Liebe keine weiteren Adjektive. (Selbst-)Liebe muss nicht umschrieben oder erklärt werden. Vor allem erfordert sie keinen Zustand der Vollkommenheit.

Das einzige was sowohl die Liebe als auch die Selbstliebe fordern, ist, dass Du Dich zeigst und Dein Bestes gibst. Sie verlangen nur, dass Du da bist, Dir Deiner bewusst und Dich selbst mit Liebe erfüllen kannst.

Beide lassen Dich leuchten und fliegen, sie bringen Dich zum Lachen und Weinen, sie verletzen und heilen, Du fällst und stehst wieder auf, spielst weiter und arbeitest an Dir. Und am Ende lebst Du Dein „ICH" – und das ist genug. Das ist so viel!

Es ist so viel wert zu erkennen, wer Du wirklich bist, Du selbst zu sein, Dich selbst zu mögen und dann als genau dieser Mensch geliebt zu werden.

Aus eigener Erfahrung weiß ich, dass so viel von einem abfällt, wenn man anfängt sich selbst so zu akzeptieren wie man ist, wenn man aufhört die zu sein, die alle anderen haben wollen, wenn dieser immense Druck abfällt irgendwelche Erwartungen erfüllen zu müssen, die man selbst gar nicht an sich hat, wenn Du anfängst Dich so zu mögen wie Du bist.

Plötzlich kann man wieder Luft holen, fängt an sein Leben neu zu sortieren und jeder Atemzug bringt Dich dem Ort näher, wo Abschiede nicht mehr schwer fallen, wo Du beginnst loszulassen – die Vergangenheit, Erwartungsdruck, die Vorstellung „perfekt" sein zu müssen oder auch nur „gut genug" für irgendetwas oder irgendwen.

Mit dieser Erkenntnis habe ich mich verliebt – nicht in irgendwen, ich habe mich in das Leben verliebt, nicht mehr nur vor mich hingelebt, den Kopf eingezogen, weil ich vielleicht nicht schön genug, intelligent genug, schlank genug bin, sondern das Leben mit Leben gefüllt!

Die Erkenntnis, dass ich so wie ich bin gut genug bin, dass ich mir selbst genug sein kann und niemanden genügen muss außer mir selbst, dass ich „erfrischend und herrlich unperfekt" sein darf, hat mich aufleben lassen.

Und zum ersten Mal seit viel zu langer Zeit war alles inspirierend, neu, aufregend…

Aus eigener Erfahrung weiß ich:

wir sollen, müssen und dürfen herrlich „unperfekt" sein!

Heute ist übrigens ein perfekter Tag um damit anzufangen „unperfekt" zu sein und das Leben zu lieben!

Mein Leuchtturm

Ja, ich habe Dich angelogen, als ich gesagt habe,
ich wäre woanders angekommen.
Ich habe gelogen!
Seit Jahren bin ich unterwegs
und auf der Suche nach einem Heimathafen.
Seit Jahren bin ich unterwegs
und scheine immer im Kreis zu segeln.
War ich hier nicht schon einmal?
Selbst, wenn ich den richtigen Kurs einschlage,
komme ich immer wieder am Ausgangspunkt an.
Was für ein Scheiß!
Natürlich kann ich nicht zugeben,
dass ich nirgends so daheim bin wie bei Dir.
Ja, ich habe Dich angelogen!
In meinem Universum bist Du die Sonne,
um Dich ich mich drehe.
Jetzt ist es raus!
Und aus meinem Universum heraus,
schicke ich Dir durch all die Stürme und Sintfluten,
die wir überlebt haben, ein Lebenszeichen.
Es gibt mich noch!
Zwischen meiner Galaxie zu Deiner scheinen Millionen
Lichtjahre zu liegen, aber ich setze ein Zeichen,
das am Himmel zu sehen ist und sage Dir:
„Es gibt mich noch!"
In einer anderen Galaxie, einer anderen Welt,
einem anderen Universum, auf einem anderen Planeten,
aber es gibt mich noch und ich komme zurück.
Ich denke viel zu oft an Dich, meinen Heimathafen.
Wir haben so viel durch miteinander.
Haben gelacht und geweint – ich mit Dir und um Dich.
Ich habe Dich verflucht,
denn Du bist Fluch und Segen zugleich für mich.
Aber Dein Hafen lockt mich mit seiner Sicherheit,
ich will wieder vor Anker gehen, raus aus der stürmischen See,
zurück zu Dir, zurück in Deine Arme.
Mir ist schwindlig von dem ganzen Auf und Ab,
dem hohen Seegang, der mich gebeutelt hat.

Welche Mächte sind da eigentlich im Spiel?
Und was denken die sich denn dabei?
Ich lasse mich leiten, von der Sonne, meinen Sternen
und Deiner Anziehung –
zurück zu Dir,
damit ich wieder bei Dir ankommen kann,
endlich wieder Heimat finde.
Nur manchmal glaube ich,
dass Du, mein Leuchtturm, kein Signal mehr sendest?
Ich gerate in Seenot.
Mach Dein Licht wieder an!
Jetzt, so kurz vor zu Hause,
darf nichts mehr passieren!
Jetzt, wo ich mir endlich eingestehe,
dass ich Dich und mich angelogen habe!
Was habe ich geheult um Dich,
mir die Tränen und den Rotz aus dem Gesicht gewischt,
während ich versuchte auf Kurs zu bleiben –
so weit wie möglich von Dir weg.
Damit ist jetzt Schluss!
Ich habe gelogen!
Mein Schiff geht nur noch bei Dir vor Anker!
Nimm Dein Fernglas
und richte es auf die stürmische See,
dann siehst Du mich ansegeln –
ich komme zu Dir.
Alle Versuche neue Länder zu entdecken und
abenteuerlustig die Welt zu entdecken,
sind kläglich gescheitert.
Ich komme zurück!
Wenn mein Leuchtturm mir nur ein Signal sendet!

Viel reden und nichts sagen

Kennt Du das, wenn viel geredet, aber wenig gesagt wird?

Noch schlimmer ist fast nur noch, wenn viel zu sagen wäre, aber nicht geredet wird!

Ich bin eine Wort-Fetischistin. Ich liebe das geschriebene und gesprochene Wort und wenn sie raus wollen, die Wörter in mir, aber kein Gegenüber finden, drohen sie irgendwann unbedacht aus mir herauszusprudeln, weil ich sonst meine daran ersticken zu müssen.

Dann gehe ich, normal die Diplomatie in Person, auch keinem Streit mehr aus dem Weg, denn nichts ärgert mich mehr als gelangweilte Oberflächlichkeit.

Genau deswegen finde ich mich auch so gut in den folgenden Zeilen aus einem Pur-Song wieder:

"Ein gelangweiltes Gespräch ist ihr zu viel.
Doch keinem Streit, der ihr nötig scheint, geht sie aus dem Weg, sie leistet sich ihren eigenen Stil."

Früher habe ich sie oft geschluckt, meine Worte, habe sie im Schweigen verklingen lassen und den Erstickungstod in Kauf genommen. Heute siegt noch zu oft die Diplomatie, weil ich nichts mehr hasse als Streit und Disharmonie. Aber manchmal, manchmal drohen sie zu sprudeln, meine Worte.

Dann flüchte ich mich in die Musik, denn manchmal ist einfach auch jedes weitere Wort eines zu viel.

Wenn Dir nichts begegnet als gelangweilte Gespräche, wird es Zeit für den Abspann...

Lasse nie zu, dass Deine Worte Dich ersticken!

Sag, wenn es etwas zu sagen gibt!

Mein Kopf

Mein lieber Freund,

gerade stehen Entscheidungen in meinem Leben an und so gerne würde ich Dich um Rat fragen, aber Du bist nicht da.

Da, wo ich voller Emotion und Bauchgefühl stecke, viel zu sehr im Thema verstrickt bin, um klar denken und gar Entscheidungen treffen zu können, da fehlst Du mir mit Deinem Rat, Deinem offenen Ohr und vor allem Deinem analytischem Verstand, der mich aus den Untiefen meiner verdrehten Gedanken leiten würde.

Hilflos stehe ich gerade vor meiner eigenen Verwirrtheit und vermisse Dich, denn Du würdest mir die scharfe Sicht auf die Dinge zurückgeben und mir Grauzonen zeigen, wo ich gerade nur schwarz / weiß sehe.

Eigentlich finde ich es erschreckend, wie schnell ich mich an Dich und Deine weisen Worte gewöhnt habe. Dabei musste ich meine Entscheidungen doch schon immer alleine treffen – viel zu lange eigentlich – aber bislang habe ich das doch auch hingekriegt…

Es ist bestürzend, wie sehr ich mir jetzt Dein Zuhören wünsche, wie wichtig Du geworden bist – als Freund und Lieblingsmensch.

Jetzt, wo Du nicht da bist, kann ich mir gar nicht mehr so recht vorstellen, wie ich das alles sonst gemacht und geschafft habe?!

Es macht mich traurig und wütend zugleich, wie abhängig ich auf einmal von Dir und Deiner Weitsicht zu sein scheine.

Natürlich schaffe ich es auch ohne Dich! Das steht ja ganz außer Frage! Aber Du hast mir gezeigt, wie einfach es mit Dir sein kann.

Du bist mein Kopf, wo ich nur Herz bin.

Du zeigst mir Alternativen, die mein emotionales ich gar nicht sehen kann. Das verwunderliche dabei ist, dass Du mir nie Deine Meinung aufzwängst, sondern mich vorstellen lässt, wie ich entscheiden würde, wenn ich nicht emotional verstrickt wäre. Deine Ratschläge sind nie aus Deinen Motiven heraus geformt, sondern Du zeigst mir Entscheidungen, die von mir sein könnten – wenn ich nur ein wenig mehr Logik und Verstand hätte, wo nur meine Gefühle stürmen.

Ja, es ist alarmierend, dass Du in so kurzer Zeit, so wichtig für mich geworden bist.

Aber jetzt bist Du nicht da und so werde ich es wieder alleine schaffen müssen.

Zu zweit geht wesentlich leichter!

Nein, mit Dir geht es wesentlich leichter!

Du fehlst mir!

Magst Du vielleicht nicht doch schnell rüber kommen?

Deine XY

Loslassen und Dein eigener Held sein

Ich kenne es zu gut, wenn Du einfach einsehen musst, dass es Zeit wird zu gehen, wenn selbst jahrelange Freundschaften keine Basis mehr haben, wenn Dir Menschen im eigenen Umfeld nicht mehr gut tun.

Manchmal musst Du neben Partnern, Freunden, Bekannten, Verwandten aber auch lernen Situationen loszulassen.

Nicht immer ist das einfach, aber manchmal nötig, weil Du Energien in etwas steckst, was es nicht wert ist, weil es Dich runterzieht und weil es Dir nicht gut geht.

Manchmal erfordert Loslassen unheimlich viel Mut, aber zu oft lohnt es sich diesen Weg zu gehen, weil es erstaunlicherweise leichter wird, auch wenn Du es Dir jetzt noch nicht vorstellen kannst.

Und wenn mal wieder alles in die falsche Richtung geht, Du es niemanden recht machen kannst, Dich ungeliebt fühlst, wenn jeder außer Dir weiß, was gut für Dich ist, wenn jeder Dein Leben lebt, außer Du selbst, dann denke daran:

Du musst Dein eigener Held sein!

Du musst Dir schon selbst Konfetti ins Leben streuen!

Das Ding, das Leben heißt

Oft, wenn ich mir meine Mitmenschen so betrachte, frage ich mich, warum viele auf mich so verbittert wirken? Warum haben sie scheinbar verlernt zu lachen? Dabei ist Lachen doch das einzige Patentrezept, das ich kenne, um dieses Ding, das Leben heißt, zu überleben. Wir haben alle die Wahl, ob wir lachend oder weinend durchs Leben gehen wollen – ich habe mich fürs Lachen entschieden! Vom Weinen bekomme ich nichts als Kopfweh und Augenringe.

Natürlich gibt es auch für mich Situationen, in denen ich verzweifeln möchte, aber letztlich hat es mir noch nie geholfen weinend am Boden liegen zu bleiben. Also stehe ich auf und wenn ich es doch auf die Füße geschafft habe, so unwahrscheinlich das Gelingen war, dann kommt auch das Lachen von ganz alleine wieder.

Das Leben ist nun mal leider nicht perfekt – bei keinem von uns und es wird auch nie perfekt sein. Es könnte immer von allem noch mehr sein. Aber wir müssen lernen das Beste aus dem zu machen, was es uns zu bieten hat. Manchmal ist dieses Ding, das Leben heißt, einfach fürchterlich erschreckend und dann aber auch wieder unglaublich schön – ich nehme einfach, was kommt, „To go" - einmal Leben zum Mitnehmen bitte!

Letztlich solltest Du vielleicht einfach nur aufhören, die Schuld an dem Leben, das Du führst und mit dem Du unzufrieden bist, auf „die anderen" zu schieben. Aufhören zu sagen: es liegt am Elternhaus oder der Erziehung oder oder oder an was auch immer, dass nichts aus mir wurde. Ganz ehrlich? Krieg den Arsch hoch!

Wenn Dein Leben furchtbar langweilig ist, nur weil Du auf Deine Eltern, Deine Lehrer, den Pfarrer oder die Nachbarn oder sonst wen gehört hast, wenn Du immer nur wie das brave Schaf der Herde gefolgt bist und Dich nie darum gekümmert hast, was Du wirklich willst, wenn Du Dich nie für Dich und Dein Leben selbst verantwortlich gezeigt hast, dann hast Du wohl genau das Leben verdient, das Du bekommen hast?!

So wie es bislang aussieht, haben wir nur dieses eine Leben und bei all dem, was derzeit auf der Welt geschieht, sollten wir vielleicht anfangen es auch zu leben,
das Ding, das Leben heißt!

Der Glaube an mich selbst

Es gibt Phasen im Leben, da fällt man in alte Muster zurück und vergisst.
Vergisst, wer man nicht mehr sein will und wer man jetzt ist.
Vergisst, dass man "wach geküsst wurde", nicht mehr der oder die ist, der man mal war oder meinte, sein zu müssen.
In diesen Momenten muss man erinnert werden und sich selbst erinnern.

Auch mir passiert es immer wieder, dass ich das Vollblutweib in mir vergesse. Dann holt mich ein, was mich jahrelang verfolgt hat und es braucht, bis ich mich erinnere, dass es die Verwandlung der "kleinen, dicken Frau" zum Vollblutweib gab.

Leider dauert so eine Phase manchmal auch länger...
Wochen, manchmal Monate.

Doch ich will mich erinnern!

Jeden Tag!!!

Und das werde ich!

Immer und immer wieder ~ bis ich es irgendwann gar nicht mehr vergesse!

Deswegen ist „Vollblutweib" auf meine linken Pulsadern tätowiert – damit ich es sehe, wenn ich es doch noch vergesse.

Ein Freund sagte zu mir:
"Du musst das doch nicht tätowieren ~ Du bist es doch!"

Im Außen scheint es angekommen. Doch ich habe für mich dafür gesorgt, dass es mir im wahrsten Sine des Wortes auch unter die Haut geht!

Danke an die, die "wach geküsst haben", "wach küssen", die an mich glauben und mir dadurch immer wieder den Glauben an mich selbst schenken!

Meilensteine

Eine Liedzeile von Tim Bendzko berührt mich immer wieder:

„Ich hab' so viel von Dir gelernt,
denn Du hast mich nicht aufgegeben.
In Deinen Händen schlägt mein Herz –
ich hab' es endlich eingesehen.
Du bist nur einen Herzschlag entfernt,
auch wenn ich Dich aus den Augen verlier,
bist Du nur einen Herzschlag entfernt –
warum bin ich nicht immer auch bei Dir?"

Als ich sie das letzte Mal hörte, schoss mir „unglücklich verliebt" in den Kopf – unglücklich verliebt... gibt es das überhaupt? Wie kann man denn unglücklich verliebt sein?
Wie kann etwas so schönes wie kleine Zitronenfalter im Bauch (bei mir sind es ja eher Glühwürmchen), mit den Gedanken an den anderen einschlafen und wieder aufwachen, Kribbeln, Sehnsucht,... wie kann etwas so schönes unglücklich machen?
Dabei ist es doch gar nicht das „verliebt sein", was uns unglücklich macht, sondern viel eher die Tatsache, dass wir es (im besten Fall) unserem Herzensmenschen noch gar nicht gesagt haben, dass wir verliebt in ihn sind oder er es (im schlimmsten) Fall nicht erwidert. Unglücklich ist es doch nur, wenn dieses „verliebt sein" nicht gelebt und geliebt werden kann.

Was macht also so etwas Magisches wie die Liebe tragisch?

Kennst Du diesen einen Menschen, der in Dein Leben kommt und alles auf den Kopf stellt? Nein, ich meine nicht irgendein belangloses weiteres Kapitel in dem Buch Deines Lebens, sondern einen Meilenstein, jemand der etwas in Dir, mit Dir bewirkt, der Deine Welt sich anders herum drehen lässt, der sie anhält, zum Stillstand bringt, sie völlig umkrempelt, weil er etwas in Dir sieht, was noch keiner davor sah, weil er Dich sieht? Kennst Du diese Menschen, die so besonders sind, in ihrem Tun, in ihrem Sein? Und Du weißt, das hier, das ist etwas ganz Großes – egal, wie lange es dauern mag oder wo es endet. Diese Menschen hinterlassen Spuren in Deiner Seele, sind Meilensteine, die Dich und Dein Leben prägen, weil sie Dich gesehen haben – Dich so wahrgenommen wie Du bist, Dich einfach Dich selbst sein lassen, Dich annehmen, weil sie an Dich glauben und Dich nicht leichtfertig aufgeben wie viele zuvor.

Du weißt, dass Du diese Menschen nie im Leben vergessen wirst, dass Du manche Lieder nie wieder hören kannst, ohne zu lächeln oder zu weinen, weil sie Dich an genau diesen einen wichtigen Menschen erinnern werden, weil sie emotionale Momente mit ihm in Erinnerung rufen.

Du weißt (zumindest ich), dass das Menschen sind, die Deine Bücher füllen werden, die Du nie veröffentlichst – über die Du schreiben wirst, nächtelang – die ganze Armeen von Notizbüchern füllen werden, weil das, was Du ihnen sagen willst, aber nicht sagen kannst, nur so aus Dir heraussprudelt.

Du wirst Geschichten über diesen Menschen schreiben, weil das das einzige ist, was Du (tun) kannst – schreiben. Geschichten, die Du nur Dir selbst erzählst, die niemand sonst lesen wird.

Du weißt, dieser eine Mensch, wird nur einen weiteren Stich in Deinem sowieso schon vernarbtem Herz hinterlassen, doch Du weißt auch, dass diese Wunde anders ist, tiefer geht als die anderen, weil dieser Mensch so besonders für Dich ist, dass es lange brauchen wird, bist Du ihn loslassen kannst, denn er hat ein Zeichen gesetzt.

Dieser eine Mensch hinterlässt ein großes Ausrufezeichen hinter seinem Namen. Die Narbe wird, wie dieser Mensch, nie mehr ganz aus Deinem Herzen verschwinden – sie und er werden nur blasser werden. Ein Meilenstein, wenn gesetzt ist, lässt sich nur schwer verrücken.

Einerseits willst Du flüchten, willst auf keinen Fall zulassen, dass dieser Mensch so viel Platz in Deinem Leben einnimmt, andererseits fürchtest Du den Moment, in dem er es verlassen wird – und Du weißt genau, dass dieser Moment kommen wird.

Vielleicht macht Dich das ja schlaflos? Du willst flüchten und weißt nicht wohin, denn selbst wenn Du das Land verlässt, wird er immer noch bei Dir sein – präsent in jedem Schritt, den Du gehst.

Du weißt, dass es sich nicht lohnt „zu kämpfen", denn die Liebe kann nur freiwillig zu Dir kommen – sie ist keine Einbahnstraße. Du kannst nicht darum kämpfen geliebt zu werden und so wird ein „vielleicht irgendwann" zu Deinem Mantra.
Du weißt, dass das Leben kein Rosamunde Pilcher Film ist, in dem die Liebe alles besiegt und der Held am Ende auf dem weißen Pferd vorbeigeritten kommt, sein Schwert schwingt, um Dir zu sagen, dass er nicht ohne Dich leben kann. Du weißt das und hoffst trotzdem darauf – vielleicht irgendwann...
Du weißt, dass diese Welt kein Ort für Helden ist! Keine Romeos, keine Ritter, Piraten, Räuber und Drachenzähmer...

Und vielleicht weiß auch unser Herzensmensch gar nicht, dass es Zeit wäre ein furchtloser Held zu sein und zu den eigenen Gefühlen zu stehen, weil wir ihm gar nicht verraten haben, dass er unser Held sein könnte? Weil wir so genau zu wissen meinen, dass er sowieso nichts ändern würde, dass wir es ihm lieber erst gar nicht sagen?

So quälen wir uns selbst mit einem „vielleicht irgendwann", mit Fotos und Liedern, den vermeintlichen Fakten, bis wir uns endlich selbst einen Grund geliefert haben, zu flüchten, Zelte abzubrechen, aufzugeben.

Und unser Held? Der weiß vielleicht von all dem gar nichts...

Wie gerne würde ich Dir sagen:
„Du hast nichts zu verlieren! Sag es Deinem Helden! Steh zu Deinen Gefühlen! Wenn er nicht mutig sein kann, sei Du es! Da wo gerade nichts ist, kannst Du doch wahrlich nichts verlieren!"

Aber das wäre gelogen!

Du kannst nichts und gleichzeitig alles verlieren! Letztlich sogar Dein Herz... und vielleicht muss es ja auch so sein, dass Du nichts und alles verlierst, um zu erkennen, dass Du manchmal verlieren musst, um weiter gehen zu können.

Gibt es ein Patentrezept?

Lieber schweigen oder zu seinen Gefühlen stehen? NEIN! Ich habe bislang keines gefunden... schade eigentlich!

Letztlich sollten wir unserem Herzensmenschen vielleicht wenigstens die Chance geben an unseren Gedanken teilzuhaben – und wenn es uns noch so abwegig erscheinen mag, dass er unsere Gefühle teilt oder alles für uns über Bord wirft. Letztlich sollten wir unserem Herzensmenschen vielleicht einfach die Chance geben, seine eigene Entscheidung zu treffen, wenn er unsere Fakten kennt?

Ihm die Chance geben ein Held zu sein?

Letztlich sollten wir vielleicht einfach ehrlich sein?,

Wenigstens uns und unseren Gefühlen gegenüber und die Verantwortung dafür aus unseren Händen geben?

Habe ich gesagt, es gibt nichts zu verlieren?

Alles... alles steht auf dem Spiel!

Dein Herz, Deine Gefühle, Deine Verletzlichkeit, Dein Stolz! Eine weitere Narbe auf Deinem Herzen und eine tiefe Spur in Deiner Seele.

Nur hat dieser eine Mensch doch sowieso schon Spuren hinterlassen. Wenn Du genau hinschaust, dann siehst Du doch seine Fingerabdrücke auf Deinem Herz und seine Fußspuren in Deiner Seele...

Warum nicht einfach alles auf Risiko setzen?

Was tut denn noch weher als sehr weh?

Am Ende ist er vielleicht nur ein weiterer Zug auf dem Bahnsteig Deines Lebens – ein Kommen und Gehen…

Du weißt, dieser eine Mensch wird wahrscheinlich nicht der letzte sein, der Dich berührt hat, aber er wird einzigartig für Dich bleiben und ein Leben lang einen Platz in Deinem Herzen haben.

„Ich hab' so viel von Dir gelernt, denn Du hast mich nicht aufgegeben…"

Wenn Du alles verloren hast, kannst Du zumindest bei null von vorne anfangen – ohne Ewigkeiten über ein „was wäre wenn gewesen" nach zu grübeln.

Wenn Dein Herz in den Händen Deines Herzensmenschen schlägt, dann wird er immer nur einen Herzschlag entfernt sein - auch, wenn Ihr Euch aus den Augen verliert, denn er hat Dich da berührt, wo sonst keiner hinkommt.

Er hat Dich in der Seele berührt.

Eines bleibt Dir am Ende ganz sicher, etwas, dass Dir niemand nehmen kann…

Dir bleibt ein „vielleicht irgendwann…"!

Liebesbrief

Lieber Mr. X,

ich habe keine Ahnung, was das mit Dir so ist. Ich habe keine Ahnung, was Dich so unwiderstehlich macht.

Vielleicht, dass alles andere egal wird, wenn Du bei mir bist?

Vielleicht liegt es daran, dass Du all den Kriegen, die in meinem Inneren toben, den Kampf erklärst? Du bringst sie durch Deine pure Anwesenheit dazu, die weiße Fahne zu schwenken.

Vielleicht, weil Du meinem Chaos im Kopf Deine klare Sicht entgegensetzt?

Vielleicht ist der Grund, dass Du mich zum Lächeln bringst, wie es lange niemand mehr geschafft hat? Vielleicht, auch dass Du manchmal genau die richtigen Worte zur richtigen Zeit sagst?

Und vielleicht, dass ich mich von Deinem Glück und Deiner Freude genauso erfüllen lassen kann, als ob es die meine wäre?

Eigentlich ist es aber doch völlig egal, was es genau ist.

Du solltest nur wissen, wieviel wie viel Du mir bedeutest!

Bevor ich Dich kennenlernte, habe ich nie verstanden, wie unglaublich es sein kann, jemanden zu finden, der all die Sachen hört, die in meinem Kopf vor sich gehen.

Dass Du besonders bist, wusste ich, als wir uns das erste Mal trafen und es sich anfühlte, als ob zwei alte Seelen aufeinander prallen. Es war und ist, als ob wir uns schon ewig kennen.

Da wusste ich: das mit uns ist anders, speziell, etwas wovon man nur ganz selten im Leben das Glück hat, es erleben zu dürfen.

Und ich war fest entschlossen, mich nicht in Dich zu verlieben, mir nicht die Finger an Dir zu verbrennen, dem Ganzen mit klarem Geist entgegenzutreten.

Aber Du hast mich überrollt – wir haben zusammen gelacht, hatten Tränen in den Augen und nach einer langen Zeit war ich wieder glücklich… und ich weiß, ich bin verloren!

Wir halten und küssen uns und holen unsere dunkelsten Seiten hervor – wir schauen sie uns an, sehen hin, weil wir an das Licht im anderen glauben.

Wenn ich auf mein Herz höre, dann führt es mich zu Dir – nichts macht mich glücklicher und gleichzeitig aber auch so traurig wie Du.

Ich bin gefangen zwischen einem starken Willen und einem schwachen Herzen.

Was auch immer mit uns passieren wird… ich liebe Dich!

Deine XY

Vielleicht ist „Niemals" ja irgendwann?

Es gibt ein Lied, das lief rauf und runter in gewissen Zeiten bei mir - so still, so leise, so berührend. Eine Zeile darin lautet:

„I saw forever in my never."

(Ich habe die Ewigkeit in meinem Niemals gesehen).

Haben wir nicht alle eine(n) „My never?"

„Liebe ist die Begegnung zweier Seelen, die vollständig Licht und Schatten im anderen akzeptieren, vom Mut dazu verpflichtet, zu kämpfen, damit es in die Glückseligkeit wachsen kann."

Vielleicht ist das „Niemals" ja ein „vielleicht irgendwann"?

Und dann, mir nichts, Dir nichts vom Glück überrumpelt – so und nicht anders – werden wir straucheln und aus dem Niemals eine Ewigkeit machen.

Lass Dich von Deinem Herzen führen!

Denn das, was heute noch unmöglich erscheint, ist vielleicht morgen schon machbar?!

Unerfüllte Wünsche

Der Dalai Lama hat gesagt, dass es manchmal ein wunderbarer Glücksfall sein kann, nicht zu bekommen, was man will.
Und auch mir ging es schon öfter so, dass ich zum Beispiel dachte, dieser EINE, der ist es, der und kein anderer soll es sein, nur um später festzustellen, dass es ganz gut war, dass es nicht funktioniert hat mit ihm, dass ich einem Scheinbild aufgesessen bin.
Einer der Gründe, warum ich es liebe älter zu werden ist, dass mein Verständnis sich vertieft, ich Dinge lockerer sehe und weiß, dass alles aus einem guten Grund geschieht, dass sich manchmal herausstellt, dass es ganz gut ist, dass sich ein Wunsch nicht erfüllt hat.
Ich begreife vermehrt, wie etwas mit einander verstrickt ist und kann aus meinen Erfahrungen lernen und diese anwenden. Die Lektionen, die mich das Leben gelehrt hat, kann ich in neue Situationen integrieren. Und genau das macht das Leben so faszinierend.
Je älter ich werde, umso mehr weiß ich meine Privatsphäre zu schätzen. Auch, wenn ich immer noch auf den EINEN hoffe, genieße ich doch auch das Alleinsein mit mir.
Nur, wenn man mit sich selbst allein sein kann, hat man auch genug Raum für einen anderen Menschen und ich lerne, mich nur noch mit Menschen zu umgeben, die mir gut tun, die mir keine Kraft und Energie rauben.
Ja, dadurch hat sich der Kreis meiner Lieblingsmenschen ausgedünnt, aber er ist intensiver und wertvoller geworden. Bei diesen Menschen kann ich offen, ehrlich und ich selbst sein. Sie haben mir gezeigt, warum meine Tür immer für sie offen steht und für andere nicht mehr.
So etwas nennt sich wohl Lebenserfahrung…
Älter werden hat also durchaus seine Vorteile – und dem körperlichen Verfall können wir Frauen ja zum Glück mit ein wenig Kosmetik entgegen wirken.

Manchmal ist es ganz gut, dass unsere Wünsche nicht erhört werden und dafür sollten wir uns bedanken!

Wenn Du jetzt fragen würdest...

Wenn Du jetzt fragen würdest, käm' ich noch -
vielleicht auf zwei Glas Cola?
Wir würden zusammen sitzen, ganz dicht beieinander,
so, dass wir uns fast berühren, mit dieser magischen Anziehung
zwischen uns und uns gemeinsam gegen die Welt verschwören.
Wenn Du jetzt fragen würdest, käm' ich noch -
vielleicht auf zwei Glas Cola?
Wir würden die Nacht hindurch philosophieren über das Leben,
all die unwichtigen Dinge, die uns so wichtig sind.
Ab und an würden wir uns wissend
in die Augen schauen und lächeln.
Wenn Du jetzt fragen würdest, käm' ich noch -
vielleicht auf zwei Glas Cola?
Schweigend würden wir in den Nachthimmel sehen,
unsere Hände ineinander verschränkt,
unser Atem kleine vereinte Luftwölkchen in der Kälte.
Wenn Du jetzt fragen würdest, käm' ich noch -
vielleicht auf zwei Glas Cola?
Nichts wäre mehr wichtig – nur Du und ich,
plaudernd, vor Worten übersprudelnd, in stiller Eintracht.
Alles was wir sagen so bedeutungslos,
wortgeschwängert, belanglos wichtig.
Wenn Du jetzt fragen würdest, käm' ich noch -
vielleicht auf zwei Glas Cola?
Und nichts, nichts würde in dem Moment zwischen uns passen.
Wir, zwei fast Fremde, die sich näher sind,
als manch beste Freunde.
Zwei Herzen, die einen Augenblick im gleichen Takt schlagen,
zwei Seelen, für zwei Glas Cola vereint.
Wenn Du jetzt fragen würdest, käm' ich noch -
vielleicht auf zwei Glas Cola?
Unsere Münder würden den Weg zueinander finden,
ganz von alleine,
ich könnte die typische Süße der Coke
auf Deinen Lippen schmecken und Dich.
Ein Kuss bittersüß wie unsere Wahrheit.
Wenn Du jetzt fragen würdest, käm' ich noch -
vielleicht auf zwei Glas Cola?

Es gäbe keine Ängste und Zweifel mehr,
nur unser Selbstverständnis füreinander,
für eine Sekunde wäre alles klar,
so klar, dass es nichts mehr zu fragen oder sagen gibt.
Wenn Du jetzt fragen würdest, käm' ich noch -
vielleicht auf zwei Glas Cola?
Du würdest meine Wellen ruhig ans Ufer legen,
alle Wogen glätten und mich tragen -
mich tragen durch die düsteren Momente hindurch.
Ich wäre aufgeladen und vorbereitet auf all das
was noch kommen mag oder nicht mehr kommen wird.
Wenn Du jetzt fragen würdest, käm' ich noch -
vielleicht auf zwei Glas Cola?
Wir würden der Schlaflosigkeit ein Schnippchen schlagen,
wer braucht schon Schlaf?
Und ich würde in Deinen Armen behütet so gut schlafen wie
seit Ewigkeiten nicht mehr - für eine Ewigkeit -
im Wissen, Du passt auf mich auf.
Wenn Du jetzt fragen würdest, käm' ich noch -
vielleicht auf zwei Glas Cola?
Ich könnte mich fallen lassen,
Dir wieder vertrauen
und daran glauben,
dass vielleicht doch alles gut ist zwischen uns.
Wenn Du jetzt fragen würdest, käm' ich noch -
vielleicht auf zwei Glas Cola?
Gemeinsam würden wir allem Bösen die Stirn bieten,
Wildponys einfangen und Drachen zähmen.
Wenn Du jetzt fragen würdest, käm' ich noch -
vielleicht auf zwei Glas Cola?
Du und ich in dieser Nacht.
Wenn Du jetzt fragen würdest, käm' ich noch -
vielleicht auf zwei Glas Cola?
Aber Du fragst nicht, sagst nichts.
48 Stunden Totenstille zwischen uns.
Wenn Du jetzt fragen würdest, käm' ich noch -
vielleicht auf zwei Glas Cola?
Wenn ich jetzt frag' und Du vielleicht gerade kannst,
kommst Du dann bitte mitten durch die Nacht,
um mich zu erlösen?!

Du fehlst mir!

Natürlich würdest Du nie zugeben,
dass Du verletzt bist,
dass Dein Herz zerbricht,
weil ich nicht mehr da bin.
Völlig cool und gelassen gibst Du Dich,
ob der Tatsache, dass ich dabei bin zu gehen.
Du lässt mich ziehen.
Aber wie ist es, wenn Du „unsere" Lieder hörst?
Erinnerst Du Dich dann und
packt Dich dann die Sehnsucht?
Du lenkst Dich ab – ständig sehe ich Dich rennen –
läufst Du vor Deinen Gefühlen davon?
Du umgibst Dich mit Menschen,
ziehst laut lachend durch die Kneipen
und bist doch einsam, oder?
Du gehst zurück in Dein altes Leben,
in die Gewohnheit,
ohne einen Blick zurück zu werfen,
ohne mich zu vermissen.
Fast wirkt es, als ob Du erleichtert wärst,
dass ich nicht mehr da bin.
Das macht es einfacher, nicht?
Aber einfach, einfach,
das ist doch gar nicht Dein Weg!
Du bist doch gar nicht der Typ,
der den einfachen Weg nimmt.
Du liebst Herausforderungen.
Und wenn Du ehrlich bist,
gestehst Du Dir ein, dass Du mich liebst.
Aber Du willst alles haben... und das kann keiner.
Ich weiß, dass Du irgendwann eines der Fotos
von mir herausholen und an mich denken wirst.
Deine heile Welt, die Du nach außen lebst,
die Du Dir und auch ihr vorlügst,
liegt doch schon lange in Trümmern.
Und da ist nichts mehr zu reparieren.
Letztlich hast Du alles verloren,
was Dich erfüllt hat in den letzten Monaten: mich!

Und ich?
Ich feiere die Nacht, tanze, singe –
lass mich von irgendwelchen Idioten anmachen,
die Dir noch nicht mal ansatzweise das Wasser reichen können.
Und ich rede mir auch ein, dass ich Dich nicht mehr vermisse.
Allerdings ist mir klar, dass es nur eine Lüge ist -
während Du es als Alibi nutzt,
um den Kontakt zu vermeiden.
Mich macht es sch... wütend,
dass Du noch nicht mal den Versuch unternommen hast,
um mich zu kämpfen.
Weißt Du das?
Weißt Du, dass es mich so verdammt wütend macht?
Bist Du wirklich so bequem?
Machst Du es Dir wirklich so einfach?
Und um Himmels Willen, sag bitte nicht,
dass ich Dir wirklich so egal bin!?!
Das ist so armselig, mein Liebster.
Wir beide zu stolz,
um aus der Distanz wieder Nähe zu machen.
Pack Deinen verdammten Stolz ein und
zeige mir, dass ich Dir wichtig bin, bitte!
Du fehlst mir!

Manchmal habe ich die Nase so richtig voll!

Manchmal habe ich die Nase so richtig voll! Da kann ich einfach keine Lügen mehr hören! Weder die, die mir andere erzählen (und die ich leider viel zu oft als solche erkenne), noch meine eigenen (mit denen ich mich selbst belüge oder mir Dinge schön rede). Da habe ich auch keine Lust mehr auf irgendwelche Halbwahrheiten und ja, auch „nichts sagen" oder „Verschweigen" stehen dann ganz oben auf der Liste der Sachen, von denen ich die Nase so richtig voll habe.

Dann möchte ich der Diplomatie, für die ich so berühmt bin, mit der ich es schaffe, selbst um unangenehme Themen, die angesprochen werden müssen, noch ein rotes Schleifchen zu binden, damit ich niemanden auf die Füße trete, genau dieser Diplomatie möchte ich dann kräftig in den Arsch treten und laut schreien! Laut und unverblümt meine Meinung sagen, ohne Rücksicht auf Verluste. Rausschreien, was mich verletzt, ängstigt, verunsichert und vor allem was ich fühle.

Dabei ist die Bedienungsanleitung für mich doch ganz einfach: Verletzte mich nicht, versuche nicht mich zu ändern oder zu analysieren, erwarte nicht mehr als ich geben kann und will, wahre meine Grenzen, zeige mir was Du fühlst und sei ehrlich zu mir.

Doch viel zu oft, halte ich mich selbst nicht daran, verletze mich selbst, erwarte zu viel von mir, gehe über meine eigenen Grenzen, verstecke meine Gefühle – vor mir und anderen - und viel zu oft bin ich zu diplomatisch, blauäugig und wahrscheinlich auch naiv.

Kaum einer hat mich bislang „nackt" gesehen (auch nicht, wenn ich mich auszog). Kaum einer weiß von meinen Träumen oder was mir das Herz brach und bricht. Kaum einer weiß, wofür ich brenne, um was ich weine. Man sieht meine Hülle, manch einer hat meine Haut berührt, aber dennoch bin ich für die meisten ein geschlossenes Buch. Ab und an habe ich mal eine Seite geöffnet, manche sogar ein ganzes Kapitel aus dem Buch meines Lebens lesen lassen… Das wundervollste, was mir bislang im Leben passiert ist, ist auf Menschen zu treffen, die all das in mir sehen, was ich bin und die mich genauso stehen lassen, die mein Potential und all meine Facetten erkennen und durch deren Augen ich mich selbst entdeckt und „gesehen", wahrgenommen habe – als jemanden, der wichtig und wertvoll ist.

Kann es etwas Schlimmeres geben, als genau diese Menschen anzulügen oder von ihnen belogen zu werden? Egal ob durch bewusste Lügen, Vortäuschung von Gefühlen, Schweigen, Verschweigen oder Halbwahrheiten. Genau davon habe ich die Nase an manchen Tagen gestrichen voll!

Dann möchte ich meiner verdammten Diplomatie in den Arsch treten, will alles rausschreien, um mich schlagen und treten, mit aller Gewalt die Kartenhäuser zum Einsturz bringen, nur um endlich eine ehrliche, wahre Reaktion zu bekommen – von mir, vom anderen. Dann will ich brüllen:

„Wo ist denn jetzt das Große, das uns angeblich verbindet?"

Doch ich schweige... obwohl ich die Nase bis oben voll habe!
Das sind Tage, an denen alles schwierig ist, ich in der Nacht nicht schlafen kann, morgens nicht aus dem Bett komme und vor allem niemanden sehen möchte – da kann und will ich nur mit mir alleine sein, weil ich genau weiß, dass das was da gerade passiert „Leben" ist und dass es in den meisten Fällen einfach besser ist den Mund zu halten und nichts zu sagen... oder eben wieder ein rotes Schleifchen voller Diplomatie um Wörter und Sätze zu binden.

Das sind Tage, an denen ich mit Tränen in den Augen in den Spiegel schaue und mich selbst anflehe durchzuhalten und stark zu sein, auch, wenn es gerade weh tut.

Das sind aber auch die Tage, an denen ich genau weiß, dass es weiter geht, dass es nur eine Phase ist, dass es morgen schon wieder ganz anders aussieht und ich nur heute ein ganz klein wenig schwach bin. Tage, an denen ich mir selbst statt meiner Diplomatie in den Arsch trete. Tage, an denen ich nichts sage, schweige, verschweige, nicht laut rausschreie, was mich beschäftigt. Tage, an denen es gilt das Leben geschehen zu lassen und geduldig zu sein – mit mir und allem anderen...

ganz egal wie sehr ich die Nase von all dem voll habe.

Ja, manchmal habe ich die Nase so richtig voll!

Da kann ich einfach keine Lügen mehr hören!

Das sind die Tage, die ich damit verbringe aus der untersten Schublade das rote Geschenkband rauszusuchen, damit ich ab morgen wieder Schleifchen um meine Worte binden kann.

Du Idiot

Prinzipiell würde ich ja von mir behaupten,
eine gute Menschenkenntnis zu haben,
aber im Moment fühlt es sich so an,
als ob Du mich eines besseren belehrst.
Wieviel tausend Mal habe ich heute eigentlich schon auf mein
Handy geguckt? Aber nichts.
Keine WhatsApp, Threema schweigt und
Facebook scheint in den Winterschlaf gefallen zu sein.
Kaputt ist es nicht, das blöde Smartphone,
denn statt Dir nerven mich 100 andere mit all den wichtigen
Dingen, die sie mit mir besprechen wollen.
Wen interessiert das denn?
Warum meldest Du Dich nicht?
Es ist mir unbegreiflich, warum ich so verdammt abhängig von
Deiner besch… Meldung bin!
Was bist Du doch für ein Idiot,
wenn Du Dir eine Frau wie mich entgehen lässt!
Also reiß Dich jetzt gefälligst mal zusammen
und schreibe mir!
Oder noch besser: RUF MICH AN!
Benutz dieses Ding, mit dem Du mit dem Rest der Welt
verbunden scheinst, nur mit mir nicht.
Wie wundervoll romantisch es sich anhört,
wenn man sagt, dass man sich vermisst hat.
Aber es hat überhaupt nichts romantisches,
dass Du Dich nicht meldest und ich Dich vermisse.
Moment, jetzt hat es geklingelt…
Fehlalarm! Wieder nicht Du!
Wie kann man sich nur so verrückt machen,
wegen eines Mannes?
Eigentlich ist es mir völlig egal, ob Du Dich meldest,
es interessiert mich nicht.
Aber glaube mir, wenn Du es tust,
dann werde ich mich auch nicht melden
und Dich zappeln lassen, so dass Du Dich fragst,
was denn da eigentlich los ist bei mir
und ob ich überhaupt noch an Dich denke – wie kindisch!
Eigentlich will ich nur, dass Du Dich meldest,

damit ich mich dann nicht bei Dir melden kann!
So – nur dass Du es weißt!
Nein, es kümmert mich gar nicht,
dass es jetzt schon zwei Tage sind,
die Du verschwunden bist.
Wer bist Du eigentlich?
Schütteln könnte ich Dich, wärst Du jetzt da!
Schütteln?
Einen Mord könnte ich begehen!
Ich könnte Dich umbringen, Du emotionsloser Idiot!
Fast hätte ich Dich jetzt auch noch ein Arschloch genannt!
Ich!!! Du bringst mich völlig aus der Fassung!
Jetzt ruf endlich an!
Oder schreib doch zumindest!
Irgendetwas, das mir zeigt, Du denkst an mich.
Ausgerechnet heute, heute…
gerade heute wäre es so wichtig gewesen.
Mir ist es ja egal, dass unser erstes Date genau heute
vor 6 Monaten war.
Wen interessiert es schon,
dass Dir mein Herz seit einem halben Jahr gehört?
Mich? Mich sicher nicht!
Ich würde sagen, wir vergessen das mit uns einfach.
Wer sich zwei Tage nicht meldet, ist es nicht wert,
dass ich meine Zeit und Gefühle an ihn verschwende.
Wütend knalle ich mein Handy in die Ecke,
wo es einen empörten,
überraschend vertrauten Klingelton von sich gibt.
„Ich denke an Dich" – steht da.
Ohne es vermeiden zu können,
liegt mein Handy auf meinem Herzen…
mit Deiner Nachricht!
Aber verzeihen werde ich Dir nicht,
dass Du mich hast zappeln lassen!
Von mir hörst Du heute nichts!
Es klingelt an der Tür – ich öffne.
Du grinst mich mit einer weißen Gerbera in der Hand an.
„Du hast bestimmt gedacht, ich hätte es vergessen…"
Ach, komm rein, Du Idiot,
ich wusste doch genau, dass Du daran denkst!

Die Sache mit dem Alleinsein

Ich finde ja, dass ich so viel mehr mit seinem Leben anstellen kann, als ständig auf der Suche nach jemanden zu sein, der mit mir zusammen sein will. Genauso wenig habe ich Lust Lebenszeit darauf zu verschwenden, Menschen hinterher zu trauern, die nicht mit mir zusammen sein wollen. Als ich mit beidem aufgehört habe, fiel mir auf, wie viel Zeit dann übrig blieb, um mich selbst zu entdecken – ohne den ständigen Wunsch oder das Bedürfnis verliebt zu sein oder das sich jemand in mich verliebt.

Wenn man sich mal an das „allein sein" gewöhnt hat, fällt zudem auf, dass das überhaupt nicht schmerzhaft oder einsam ist. Denn als ich anfing mich mit mir allein wohlzufühlen, merkte ich erst, dass ich niemanden mehr brauche, der mich liebt, der mir dieses Gefühl von außen bestätigt, weil mir meine Eigenliebe genug ist. Als allererstes musste ich damit anfangen mich selbst lieben – keiner sonst!

Solange ich mich selbst nicht liebenswert gefunden habe, konnte es ja auch gar kein anderer tun.

Plötzlich brauchte ich gar keine Bestätigung von außen mehr, ich habe mich selbst bestätigt.

Es war und ist natürlich ein Abenteuer auf Entdeckungstour nach sich selbst zu gehen, aber es ist auch sehr spannend, was man so alles findet, wenn man nicht von den ganzen Nebenkriegsschauplätzen, die eine Partnerschaft oder die Suche danach, mit sich bringen, abgelenkt wird.

Ja, ich gestehe: anfangs war es hart „alleine zu sein" – aber je mehr ich mich gegen dieses „Alleinsein" gewehrt habe, je mehr ich auf der Suche nach einem Mann war, desto mehr Arschlöchern bin ich dabei begegnet. Entschuldige den derben Ausdruck, aber es ist leider so.

Als ich mich dann bewusst dazu entschloss, endlich mal die jahrzehntelange Suche aufzugeben, die sowieso nichts gebracht hat, hatte ich plötzlich Zeit für so viel anderes. Ich begann Bücher zu schreiben, fuhr alleine in Urlaub – und ich liebe es! Ich habe mittlerweile kein Problem damit allein in einem Café zu sitzen oder abends wegzugehen. Ganz im Gegenteil, es hat mir gut getan, mich mal nur auf mich zu besinnen und all die

Herausforderungen, die so ein Singledasein mit sich bringt alleine meistern zu müssen.
Heute weiß ich, dass ich niemanden mehr „brauche" – heute weiß ich, dass ich alleine sein kann und vieles alleine schaffe. Für das, wo ich Hilfe benötige, gibt es Freunde, Familie und Menschen, deren Job es z. B. ist einen Ölwechsel zu machen.
Ich brauche niemanden mehr! Wenn ich mich heute für einen Mann entscheide, dann nicht, weil ich nicht alleine sein will oder kann, sondern weil er jemand ist, mit dem ich mir vorstellen kann mein Leben zu teilen.
Paradoxerweise ist die Fähigkeit allein sein zu können und sich selbst zu lieben, die Grundvoraussetzung für die Fähigkeit andere zu lieben und geliebt zu werden!
Leichter hat es das mit der Partnerwahl natürlich nicht gemacht. Denn nicht bedürftig und unabhängig zu sein, macht bei weitem kompromissloser. Schon lange lasse ich mir nicht mehr alles gefallen und wer meint, mich klein halten oder sich mir in den Weg stellen und mich ausbremsen zu müssen, der hat in meinem Leben nichts verloren! Und ich weiß, dass man ganz schön viel aushalten muss als Mann an meiner Seite – dauernd stecke ich voller neuer kreativer Ideen, habe meinen eigenen Kopf und so viele Facetten, mit denen es umzugehen gilt.
Aber ich weiß heute, dass ich lieber alleine bin als zu zweit allein. Natürlich ist eine Beziehung immer Arbeit, gespickt mit Kompromissen, man stellt sich auf die Eigenarten und Besonderheiten des anderen ein.
Ich fürchte, die Rosamunde Pilcher Filme verromantisieren die Realität ein wenig. Aber es lohnt sich!
Wenn Du einen Menschen findest, den Du liebst, dann sollst, musst und darfst Du auch Dich selbst wieder ein wenig vergessen. Aber nicht für einen Menschen, der Dir nicht guttut.
Als ich gelernt habe alleine zu sein, lernte ich auch mit diesem Umstand glücklich und zufrieden zu sein.
Natürlich wünsche ich mir einen Partner – jemanden, der mich liebt, der für mich da ist, dem ich all das geben kann, was ich zu bieten habe. Aber ich brauche keinen Partner mehr. Das ist der große Unterschied!
Der nächste Mann, der kommt, darf die Kirsche auf dem Tortenstück meines Lebens sein – nicht mehr und nicht weniger!

1000 Gründe

Wenn das Schweigen zwischen uns
sich wie dichter Nebel ausbreitet,
halte ich mich an meinen Erinnerungen fest.
Weißt Du, Liebster, sie lieben Dich,
meine Erinnerungen.
Ständig fragen sie nach Dir,
doch ich kann ihnen keine Antwort darauf geben,
wo Du bist und was du machst.
Ich kann sie nur damit vertrösten,
dass wir Dich nicht mehr verlieren können,
da Du ein tiefer Teil von uns geworden bist.
Ich kann verstehen, dass Du nichts sagst,
kann verstehen, warum das Schweigen Dich umhüllt,
warum Dir die Worte fehlen,
denn selbst mir fehlen die Worte.
Und auch, wenn wir uns nichts zu sagen haben,
bin ich doch bei Dir.
Mein Herz ist Dir nah,
meine Gefühle sind Dir nah,
dafür braucht es keine körperliche Nähe.
Ich weiß, dass wir es hätten schaffen können,
Du und ich.
Nein, nicht,
dass wir es hätten schaffen können,
ich weiß,
dass wir es schaffen.
Irgendwann, irgendwo vielleicht…
Trotz oder vielleicht auch gerade
wegen aller Widrigkeiten
und allem,
was dagegen spricht.
Und selbst wenn Du mir noch 1000 Gründe lieferst,
Dich nicht zu lieben…
Ich tue es einfach!

Bloß nicht unterkriegen lassen!

Kennst Du diese Tage an denen nichts so funktioniert wie geplant? Die Welt hat sich anscheinend gegen Dich verschworen und es kommt alles auf einmal.

Ich hatte heute so einen Tag...

Zuerst wird ein Treffen verschoben oder abgesagt (man weiß es noch nicht so genau) auf das ich mich sehr gefreut hatte,
dann musste ich zum Zahnarzt („Nein, Frau R. da brauchen wir keine Betäubung, das tut nicht weh." - pfffttt... von wegen!),
dann wollte ich zum Abreagieren eine Runde mit dem Hund laufen und trete in irgendetwas, was zwar nur eine kleine Wunde gemacht hat, aber blutet wie abgestochen (immer noch),
als ich endlich daheim bin freue ich mir ein Loch in den Bauch, weil die neue Bon Jovi CD im Briefkasten liegt und jetzt bin ich ernsthaft empört (ich prangere das sogar massivst an), denn als ich auspacke halte ich quasi einen CD-Rohling in der Hand, der lieblos mit den Songs beschriftet wurde und ein Booklet, was für mich als Wort-Fetischist fast so wichtig wie die CD selber ist, ist gar nicht vorhanden – nur ein dünner Fetzen Papier, cremefarben auf dem der Titel gedruckt ist (Entschuldige, Mr. Jon Bon Jovi, ich bin seit über 30 Jahren Fan, willst Du mich eigentlich verarschen???).

Also gut, denke ich, mach etwas, was Dich ablenkt.

Ich öffne die letzte Fassung von meinem Buch „Mit rasierten Beinen spricht sich's besser!" (das dato noch nicht fertig war) und stelle fest, dass ich (warum auch immer) die letzte Version nicht gespeichert habe und somit ein ganzer Tag Arbeit futsch ist.

Also esse ich halt erstmal was, so der Plan und da ich noch nichts Festes kauen soll laut Zahnarzt, entscheide ich mich für ein hartgekochtes Ei – es war faul!

Von diversen blöden Gesprächen brauche ich nicht auch noch anfangen, oder?

An solchen Tagen würde ich am liebsten alles hinschmeißen. Mein Buch, Freundschaften, Beziehungen.

Da reagiert mein Bauch über und mein Kopf setzt aus.

Da bleibt mir keine andere Wahl als das Schicksal ein Arschloch zu nennen.

Jetzt sitze ich also hier, gefrustet, weil keiner da ist, der mir einfach mal über den Kopf streichelt, mich in den Arm nimmt und sagt:

„Das sind alles nur Kleinigkeiten, ich verstehe aber, dass alles zusammen genommen einfach ein beschissener Tag war."

Das sind so Tage, wo ich mich frage:

„Weitermachen oder aufhören? Lachen oder Weinen?"

Das sind so Tage, wo nur noch eines hilft:

Musik laut aufdrehen, mitsingen und Welt ausschalten.

Ich entschuldige mich jetzt schon bei meinen Nachbarn für den Lärm, den ich gleich veranstalten werde!

Zum Weinen reicht es noch nicht ganz (vielleicht nachher, wenn mich die Musik melancholisch und sentimental macht), aber erstmal habe ich mich für ein herzhaftes Lachen entschieden.

Dann schreibe ich die letzten drei Kapitel eben noch mal! Ich habe ja Zeit, wo ich heute eh alleine bin.

Der Fuß ist desinfiziert, aufs Essen kann ich in Hinsicht auf die schlanke Linie mal einen Abend verzichten und morgen scheint ja vielleicht auch wieder die Sonne?!

Soll mich doch der heutige Tag mal gerne haben!

Wie viel einfacher wäre es, mich jetzt in Selbstmitleid zu suhlen und ja, es ist auch nicht ganz einfach es nicht zu tun.

Es ist schmerzhaft sich wieder aufzuraffen.

Aber letztlich kommt man nur weiter, wenn man hinfällt, die Krone richtet (die der Zahnarzt doch erst nächste Woche... ihr wisst schon...) und wieder aufsteht!

Es bringt nichts auf Morgen zu warten, vielleicht kommt ja gar kein Morgen oder kein nächstes Mal oder eine zweite Chance?

Leben ist das was passiert, während Du eifrig andere Pläne machst. Genau das hat sich heute wieder bewahrheitet!

Und letztlich will ich doch nur eines: keine Langeweile! Das habe ich heute bekommen.

Ich will die aufregenden Seiten des Lebens – koste es, was es wolle! Egal, ob an guten oder schlechten Tagen, solange ich merke, dass mein Herz noch schlägt, ich am Leben bin, lohnt sich das weitermachen.

Ich schicke Dir mein herzhaftes Lachen,
auch wenn mir gerade selbst noch nicht so recht danach ist.

Lass Dich nicht unterkriegen!

Wieder Mal eine Nacht verschenkt

Wieder mal die Nacht zum Tag gemacht.
Getanzt, gesungen, geflirtet,
das Leben gelebt.
Im Takt der Musik an nichts gedacht
außer an den Moment.
Für eine kurze Zeit alles vergessen,
was sich sonst so im Kopf dreht
und nur den Rhythmus der Musik gespürt,
sich ihm hingegeben.
Augen, die sich quer durch den Saal finden,
ein Lächeln, fremde Hände, alles neu.
Leben, genießen, vergessen.
Vor allem vergessen zu denken.
Sich von der Atmosphäre einfangen lassen,
sich von rein gar nichts den Abend verderben lassen.
Die Nacht mit offenen Armen begrüßen –
mit allem was sie so bringen mag.
Doch irgendwann ist die Musik aus
und Du findest Dich wieder.
Das Licht geht an, hüllt den Raum in diffuses Zwielicht.
"Was machen wir jetzt?"
Und Du weißt, dass Du nach Hause gehen wirst - alleine.
Nein, ich mag nicht noch bleiben,
will nicht weiter ziehen.
Eine Umarmung, ein bedauerndes Lächeln,
das mich bis zur Tür begleitet, noch einmal umdrehen,
ein Zwinkern
und mich erwartet nur noch die kalte, leere Nacht.
Du weißt, dass es ein guter Abend war,
wenn die Füße wund getanzt sind,
die Stimme ein Krächzen ist,
das T-Shirt an deinem schweißgebadeten Körper klebt
und Du Lächeln musst, weil du weißt,
dass Du es noch kannst,
Du weißt, dass die Nacht noch viel mehr
zu bieten gehabt hätte.
Doch sobald die Musik verklungen ist,

weißt Du zwar,
was Du hättest haben können,
aber auch, was Du willst.
Deswegen lässt Du diesen wundervollen Abend
alleine ausklingen,
gehst noch eine Runde mit dem Hund
und wirst nur noch von ruhiger Stille umfangen.
Noch das letzte Lied im Ohr summst Du leise mit:
"Eines Tages werd' ich mich rächen,
ich werd die Herzen aller Männer brechen.
Dann bin ich ein Star und Du läufst hinter mir her,
doch dann ist es zu spät, dann will ich Dich nicht mehr!"
Doch bis "eines Tages" ist es noch ein bisschen
und jetzt ist es "zu spät" sich noch Gedanken um irgendwas zu
machen.
Wie blöd...
wieder mal eine Nacht verschenkt...

Ich bin gefangen...

Ein paar Dinge im Leben kann man nur alleine bewältigen. So sollte man erst eine alte Beziehung abschließen, bevor man sich kopfüber in eine neue stürzt. Prinzipiell finde ich ja sowieso, dass man mit sich allein sein können sollte, bevor man jemand anderen in sein Leben lässt.

Lernen sich selbst zu genügen ist für viele ein schmerzhafter Prozess, aber nachdem man ihn überstanden hat, erreicht man eine neue Stufe darin das Leben zu genießen. Man weiß, dass man niemanden mehr braucht, sich von niemand abhängig machen muss, weil man gut mit sich alleine zurechtkommt.

Jeder Mensch, der dann in unser Leben tritt ist nun eine Bereicherung. Mit dem Wissen, dass es nicht schlimm ist „alleine zu sein", wird es uns dann auch leichter fallen, Menschen, die uns nicht gut tun schneller los zu lassen.

Wir müssen schlichtweg wagen wir selbst zu sein, herrlich unperfekt – auch wenn das was wir in uns finden erstmal hart, erschreckend und seltsam sein mag.

Dazu gehört es manchmal auch, die Wahrheit eines anderen hören zu müssen – egal wie kalt, grausam oder schwer sie für uns ist. Aber lieber blutet mein gebrochenes Herz und ich kann weiterziehen, als dass eine Menge gelogener Mist, der meine Gefühle schützen oder täuschen soll, meine Zeit verschwendet.

Eine Regel, die sich dabei immer anwenden lässt, ist folgende: „zu beschäftigt" ist ein Haufen Müll und wird nur von A...öchern verwendet.
Die Worte „zu beschäftigt" sind in einer Beziehung geradezu eine Massenvernichtungswaffe. Man ist nie „zu beschäftigt", wenn man etwas wirklich will und es mir wichtig ist!

Manchmal ist unser Gegenüber gar nicht in der Lage ehrlich zu uns zu sein, dann ist es unsere Aufgabe zwischen den Zeilen zu lesen, hinzuspüren, aus Worten und Taten abzuleiten.

Letztlich sind die wertvollsten Menschen, die wir kennenlernen die, die Niederlagen kennen, leiden mussten, gekämpft haben, die Verluste einstecken mussten, aber ihren Weg kennen und sich wieder hoch gekämpft haben – es sind die Menschen, die trotz allem was ihnen wiederfahren ist, unbeirrt weiter gehen. Solche Menschen haben eine Wertschätzung, eine Sensibilität und ein Verständnis für das Leben, das sie mit Mitgefühl, Freundlichkeit und einer tiefen, liebevollen Sorge erfüllen.

Wertvolle Menschen passieren nicht einfach –
das Leben hat sie geformt.

Und bei all dem was wir einstecken müssen, ist das größte Geschenk, das wir erhalten können, dass wir nicht durch unsere Erfahrungen egoistisch und kalt werden, sondern selbstloser und fähig wirklich zu leben und zu lieben.

Irgendwann werden uns die Menschen, die uns für selbstverständlich erachten nur noch leidtun. Denn sie werden die Lebendigkeit und Schönheit unseres Inneren nie verstehen oder schätzen können.

Dann ist all das was wir durchleben unser „Gold von morgen".

Ich habe einen starken Willen und zerbrechliches Herz –
und das ist gut so!

Und manchmal ist einfach das, was droht mein Herz zu zerbrechen, das einzige, was es heilen kann...

Pass auf Dich auf!

Das Licht am Ende des Tunnels

Ich weiß, wie es sich anfühlt, wenn es den Anschein hat,
als ob sich wieder die ganze Welt gegen Dich verschworen hat.
Keiner versteht Dich, alles scheint den Bach hinunter zu gehen.
Ich weiß, wie es sich anfühlt, wenn jedes Wort zu viel
und doch ein gutes Wort genau das ist, was Dir fehlt.
Ich weiß, wie es sich anfühlt,
wenn in Dir mehr Sturm als Drang ist,
wenn Du am liebsten alles hinwerfen möchtest,
die Wellen in Dir einem Tsunami gleichen und
Du gleichzeitig einfach nur müde und leer bist.
Ich weiß, wie es sich anfühlt,
wenn Dein Kosmos plötzlich Kopf steht, nichts mehr so ist,
wie es sein sollte und alles zu zerbrechen droht.
Ich weiß, wie es sich anfühlt, wenn Du in Deinen Tränen
ertrinkst und weit und breit kein Rettungsboot in Sicht ist.
Glaube mir, ich weiß, wie es sich anfühlt, wenn Du in Seenot
gerätst und kein Fels in der Brandung liegt -
Du möchtest Dich an etwas festklammern
und siehst doch kein Land.
Ich weiß, wie es sich anfühlt, wenn Du nachts wach liegst,
nicht schlafen kannst, weil Deine Gedanken sich im Kreis
drehen und Dir schon ganz schwindlig ist vom Karussell in
Deinem Kopf.
Ich weiß, wie es sich anfühlt, wenn Dich die Mauern,
die Du um Dich gebaut hast, ersticken,
wenn Wände immer näher rücken
und Dich zu zerquetschen drohen.
Ich weiß, wie es sich anfühlt, wenn Dir eine unsichtbare Hand
den Atmen nimmt, Du verzweifelst nach Luft ringst.
Ich weiß, wie es sich anfühlt,
wenn der Stein auf Deiner Brust so schwer ist, dass er Dich
zerdrücken wird und Du einfach nicht die Kraft hast,
um ihn von Dir zu schieben.
Ich weiß, wie es sich anfühlt, wenn Du einsam bist -
so alleine,
dass auch Dein bester Freund ein Fremder zu sein scheint,
wenn Dich niemand versteht, Du gegen Wände läufst –

immer und immer wieder.
Ich weiß, wie es sich anfühlt,
wenn Du einfach nur laut schreien willst,
weil Dich der Schmerz zu übermannt
und Du keinen Ausweg mehr siehst.
Ich weiß, wie es sich anfühlt, wenn du denkst,
dass Dich niemand liebt, vor allem derjenige nicht,
von dem Du es Dir so sehr wünschst.
Ich weiß, wie es sich anfühlt, wenn Du Dir nichts mehr
ersehnst als jemanden, der Dich umarmt,
Du aber keinerlei Berührung ertragen kannst.
Ich weiß, wie es sich anfühlt,
wenn der Film in Deinem Kopfkino in Endlosschleife läuft
und es einfach kein Happy End gibt – im Gegenteil,
von Mal zu Mal wird er anscheinend düsterer.
Ich weiß, wie es sich anfühlt, wenn nichts das Feuer,
das in Dir tobt, löschen kann.
Ich weiß, wie es sich anfühlt, wenn Du glaubst,
alleine da durch zu müssen,
weil Du Dich einfach nicht erklären kannst und willst,
weil das, was in Dir vorgeht,
Dir selbst so unglaublich erscheint,
dass Du es niemand erzählen kannst.
Ich weiß, wie es sich anfühlt,
wenn Du Deine Gefühle verstecken musst,
weil Du sonst Gefahr läufst alles aufs Spiel zu setzen,
was Dir wichtig ist.
Ich weiß, wie es sich anfühlt,
wenn Du nicht alleine und dennoch einsam bist,
wenn Du umgeben von Menschen innerlich neben Dir stehst
und Dich absolut verlassen fühlst -
Du ein guter Schauspieler für die Außenwelt bist.
Ich weiß, wie es sich anfühlt,
wenn das Licht am Ende des Tunnels kaputt zu sein scheint,
wenn du in nichts als tiefer Dunkelheit zusammen gekauert
ausharrst und auf einen kleinen, hellen Streifen am Horizont
hoffst.
Glaube mir, ich weiß, wie sich das anfühlt.
Durch all diese Höllen bin ich auch schon gegangen -
gehe immer noch und immer wieder hindurch.

Ich weiß, dass nichts und niemand Dir da durch helfen kann,
wenn Du es nicht zulässt.
Und ich weiß, dass jedes Wort zu viel
und jeder noch so gut gemeinte Ratschlag
ein Schlag ins Genick oder die Magengrube sein kann.
Ich weiß, wie es sich anfühlt,
wenn Du Dir dennoch wünschst,
dass einfach nur jemand da wäre,
der Dich in den Arm nimmt,
zur Ruhe kommen lässt,
Du aber nicht aus Deiner Haut kannst.
Glaube mir, ich weiß das alles.
Und genau deshalb will ich,
dass Du weißt,
dass egal zu welcher Zeit,
egal ob in dieser oder Deiner Welt,
egal wann auch immer Du mich brauchst,
ich einfach da sein werde –
ohne ein Wort, ohne zu hinterfragen –
und Dich einfach nur in den Arm nehme.
Das Licht am Ende des Tunnels ist nicht kaputt!
Ich will nur,
dass Du das weißt.

Auf der Suche nach Glück

Ständig sind wir auf der Such nach Glück – glücklich... das wollen wir doch alle sein. Aber was ist denn das so sehnlich herbeigewünschte große Glück eigentlich?

Kann es nicht einfach sein dass das Glück quasi vor Deiner Tür steht, klopft und Du es einfach nur nicht herein lässt?
Vielleicht erkennst Du es einfach nur nicht und es ist schon längst da?
Vielleicht ist es schon ganz greifbar, liegt vor Deiner Nase und Du siehst es nur nicht?

Wir finden das Glück nicht in der Bewunderung von anderen oder im Applaus. Glück hat wohl auch nichts mit materiellen Werten zu tun – zumindest nicht für mich. Glück, das ist nicht Ruhm, Erfolg, Geld und Gut.

Glück... das sind für mich die ganz kleinen Dinge wie

- ♣ mit dem Menschen, den ich liebe, einen Sonnenuntergang genießen eine Tasse Tee, wenn ich durchgefroren bin

- ♣ eine lange Autofahrt mit lauter Musik durch die Nacht

- ♣ aus dem Bett eines schönen Hotelzimmers auf die stürmische See blicken

- ♣ jemanden haben, mit dem ich kichern und so richtig albern sein kann

- ♣ kitschige Filme, bei denen die Kleenex-Box neben mir steht, weil ich weiß, dass ich heulen muss

- ♣ gute Bücher, die mich die Welt vergessen lassen

- ♣ ein mitgebrachtes Spaghetti-Eis, weil da wer dran gedacht hat, wie gerne ich das mag

- tiefe Gespräche bei Kerzenschein
- selbstgestrickte Socken
- ein Spaziergang mit dem Hund
- eine liebevolle Nachricht vom Lieblingsmenschen
- ein „Ich denke an Dich"
- im Arm des EINEN einschlafen und neben ihm aufwachen
- eine Stimme, die zärtlich meinen Namen flüstert
- und Musik, die mich so emotional berührt, dass es welterschütternd ist.

Das ist Glück für mich. All die kleinen Dinge, die für manchen so unwichtig erscheinen, mir aber so viel bedeuten. Es muss nicht das „große Glück" sein.

Vielleicht übersehen wir auf der Suche nach dem großen Glück, all die kleinen Dinge, die uns so glücklich machen können?
Vielleicht ist das Maß ja gar nicht „klein oder groß"?
Vielleicht wird Glück daran gemessen, welches Feuer es in der Seele entfacht? Ein Feuer, das nichts auf der Welt auslöschen kann, sondern durch das wir leidenschaftlich fürs Leben brennen? Da ist es doch völlig egal, wie „groß" dieses Feuer ist, solange es nur brennt.
Vielleicht heißt Glück aber auch einfach nur, zu fühlen, dass man in dem einen, jetzigen Moment nirgend wo anders sein, nichts anderes tun und mit niemand anderen zusammen sein zu will?
Vielleicht liegt das Glück einfach im Moment? Im Augenblick des Seins?

Ich wünsche Dir viel Glück!

Heute Nacht schlaf ich nicht ein

Ich kann es immer noch nicht fassen,
dass Du hier gerade neben mir liegst.
Viel zu unwahrscheinlich,
dass das nicht nur ein Traum ist.
Aber ich höre Dich leise schnarchen,
beobachte ehrwürdig wie sich Dein Brustkorb hebt
und senkt und muss es für wahr nehmen,
dass Du hier bei mir bist und schläfst.
Wunderschön siehst Du aus,
wenn Dich die Müdigkeit übermannt hat.
Deine Gesichtszüge sind völlig entspannt,
Dein Mund leicht offen,
wirkst Du als ob Du Friede,
Harmonie und Ruhe in Dir vereint hast.
Ich kann nicht aufhören,
Dir beim Schlafen zu zusehen.
Ich will jeden Moment festhalten, mir einprägen,
denn ich weiß ja,
dass es Morgen vorbei sein wird
und wir wieder Fremde sein werden.
Dann kommt die Wirklichkeit zurück,
holt uns ein
und bringt mich mit ihrer Realität um.
Doch heute Nacht,
da schlafe ich nicht ein.
Ich werde wach und glücklich sein,
weil ich Dich neben mir habe.
Sanft fasse ich Dich an,
ich spüre Dich, rieche Dich,
seh, wie Dein Herz schlägt,
das Blut durch Deine Ader am Hals fließt.
Ich behüte dieses Andenken
an diese Nacht mit Dir
für immer in mir.
Du träumst,
was Du wohl gerade siehst im Traum?
Nein,
diese Nacht wird nichts ändern.

Sie wird nur vervollkommnen,
was sich angebahnt hat.
Sie wird nur beweisen,
dass wir wir bleiben –
jeder in seinem Leben.
Unsere Lust und Liebe nicht mehr,
als unsere Qual,
mit der wir weiter ziehen müssen.
Und morgen früh,
da kehrt die Wirklichkeit zurück,
mit all ihrer brutalen Realität.
Doch heute Nacht,
da schlafe ich nicht ein.
Ich werde wach und glücklich sein!
Neben Dir…

Nächtliches-Philosophieren über Grünzeug
(oder wie man vom 100sten ins 1000ste kommt…)

Ab und an, wenn ich hinter etwas einen Sinn suche, sagt ein Freund zu mir:
„Manchmal ist ein Baum auch einfach nur ein Baum" –
damit will er mir sagen, dass nicht immer alles eine größere Bedeutung hat oder hinterfragt werden muss, sondern ich es einfach so stehen lassen kann.

Eben zu besagtem Freund sagte ich kürzlich so etwas wie:
„Vielleicht siehst Du vor lauter Wald die Bäume nicht?!"
und meinte damit, dass er das offensichtliche nicht erkennt, obwohl es ihm quasi auf einem Silbertablett serviert wird.

Und genau dieses verdammte Grünzeug hat mich in der Nacht nicht schlafen lassen… plötzlich philosophierte ich nämlich über Bäume, Rosen und Sträucher vor mich hin...

Wie ist das denn jetzt so, wenn man vor lauter Wald die Bäume nicht sieht, kann das doch auch heißen, dass man sich mit so viel Unnützem und Unwichtigem umgibt, dass man das Besondere nicht erkennt, oder? Vielleicht nimmt man DEN EINEN Baum, der anders ist, gar nicht wahr, weil man einfach nur den Wald im Blick hat? Und was ist, wenn der Wald riesig ist? So groß, dass man den Überblick verliert? Andererseits braucht man vielleicht ganz viele Bäume, einen ganzen Wald, um zu erkennen, warum ausgerechnet der eine Baum so wundervoll ist? Aber die Gefahr scheint doch größer, dass man eben einen schönen Baum übersieht im Wald, oder? Puh… vielleicht sehe auch ich gerade den Wald vor lauter Bäumen nicht?!

Und dann ist „ein Baum einfach nur ein Baum" – das würde ich ja gerne so stehen lassen, als Hinweis darauf, dass ich nicht so viel Hinterdenken soll. Und wenn die Bedeutung aber nun ist, dass dieser eine Baum eben nur ein Baum ist? Nicht mehr und nicht weniger? Nur ein Baum unter vielen? Wie Schade eigentlich, wo doch der eine Baum etwas ganz Besonders hätte sein können!

Während also der eine den einen Baum nicht sieht, weil es eben „nur ein" Baum ist, entgeht ihm vielleicht das ganz Offensichtliche. Doch viel zu oft greifen wir ja immer noch nach der Taube auf dem Dach, statt den Spatz in der Hand zu schätzen.

Ich mag Spatzen übrigens, welch possierliche Tierchen... aber ich schweife ab.

Während ich mir also die Nacht sowieso schon mit Grünzeug um die Ohren schlug, fielen mir „Der kleine Prinz" und seine Rose ein. Der Fuchs sagt in der Erzählung zu ihm:
„Die Zeit, die du für deine Rose gegeben hast, sie macht deine Rose so wichtig."
und der kleine Prinz erkennt, dass seine Rose etwas besonders ist, weil er sich ihr vertraut gemacht und die Verantwortung für sie übernommen hat. All die anderen Rosen sind schön, aber leer – nicht von Bedeutung. Eine unter vielen Rosen ist für den kleinen Prinzen zu „seiner" Rose geworden – er hat wohl im übertragenen Sinne die Besonderheit im Wald voller Bäume gesehen, in dem er sich „den einen" davon herausgepickt hat?!

Und da wundert Ihr Euch, dass ich nachts nicht schlafen kann?

Seit wann fange ich eigentlich an vom Hundertsten ins Tausendste zu kommen?
Da ich sowieso schon nicht schlafen konnte, dachte ich an meine Oma (die beste Oma der Welt übrigens) und an den einen Satz, den sie mir sagte, als ich das erste Mal so richtig heftigen Liebeskummer hatte:

„Biene, wegen einem Strauch verreckt keine Geiß!"

Schon hatte ich noch mehr Grünzeug, das meinem Hirn Futter gab – war ja eh schon wach, also was soll's?

Ja, dieser Satz hat mich geprägt. Natürlich geht keine Ziege ein, nur weil ein Strauch nicht mehr da ist. Es gibt hunderte andere, an denen sie ihren Hunger stillen kann. Aber was, wenn das nun mal ihr Lieblingsstrauch war?

Wenn seine Blätter besonders zart und schmackhaft waren?
Wird sie sich nicht mit jedem anderen Strauch, von dem sie nascht an ihren einen Strauch mit dem besonders leckeren Grünzeug erinnern? Wird sie nicht vielleicht auch in jedem neuen Strauch versuchen ihren alten wieder zu finden? Immer in der Hoffnung, dass sie noch einmal ein solches Geschmackserlebnis bekommt?

Nein, wegen einem Strauch stirbt keine Ziege… aber vielleicht entdeckt sie erst, wenn der Strauch abgegrast und vergangen ist, was sie an ihm hatte? Auch irgendwie traurig, oder?

Was ich jetzt für mich aus dieser Nacht und dem Philosophieren über Grünzeug mitgenommen habe?

Vielleicht, dass ich die Augen und vor allem mein Herz offen halten sollte, denn wie heißt es beim kleinen Prinzen so schön:

„Man sieht nur mit dem Herzen gut, das Wesentliche ist für die Augen unsichtbar."

Vielleicht sollte zumindest ich öfter auf „den EINEN Baum" achten?!

Und natürlich überlebt man, wenn jemand nicht mehr da ist – der eine geht, der andere kommt – nur vielleicht ist der EINE so wichtig, dass man ihn mehr wertschätzen und nicht aus den Augen verlieren sollte?!

Ach… was weiß ich schon?!

Es war vielleicht einfach nur eine lange, viel zu kurze Nacht und ich bin Autorin und keine Philosophin!

Nur eines weiß ich ganz sicher:

Vom Grünzeug habe ich erstmal genug! Heute steht definitiv kein Salat auf dem Speiseplan!

Wenn die Vergangenheit ihren Tribut zollt

Kennst Du das?

Wenn Du wach liegst und die Vergangenheit ihren Tribut zollt? All die „was wäre wenn gewesen", die „hättest Du nur" und die „Warums?" aus ihrer Versenkung auftauchen?

Dabei gibt es doch nur eine Sache, die mal ganz klar feststeht: wir können an der Vergangenheit nichts mehr ändern! Es ist wie es ist. Es bringt gar nichts, sich Vorwürfe oder Wunschvorstellungen zu machen – das einzige, was wir aktiv gestalten können ist unsere Gegenwart und unsere Zukunft.
An dem was war ist nicht mehr zu rütteln.

Auch in mir hat die Vergangenheit oft wie ein zweites Herz geschlagen. Manchmal muss man sich aber einfach selbst vergeben – für all das was man mal bewusst so entschieden hat oder mit sich hat machen lassen und das alte damit ruhen lassen. Man muss sich selbst seine eigene Blindheit verzeihen, die einen auf die falsche Person hat setzen lassen oder zu einer Fehlentscheidung führte. Manchmal erkennt ein gutes Herz das Schlechte nicht.

Wie oft wurde ich schon verletzt oder habe mich selbst verletzt? Hatte das Gefühl, dass es mich zerreißt - der Schmerz, der Kummer – hatte das Gefühl, dass ich nicht mehr ich bin.

Ich für mich suche dann die Stille, die Einsamkeit, um wieder zu mir zu kommen. Ich will dann niemanden sprechen oder sehen – ich muss mit mir alleine sein, um meine eigenen Gedanken wieder zu hören und in mich fühlen zu können, mein Bauchgefühl wahrzunehmen.

Dabei fühlt sich dieses „alleine sein" für mich eher wie ein tatsächlicher Ort als ein Zustand meines Seins an. Es ist ein Raum in mir, in den ich mich zurückziehen kann, um die zu sein (oder wieder zu werden), die ich wirklich bin. Ein Raum, der mir hilft die Puzzleteile in mir zu sortieren.

Kein schönes Gefühl sich in Einzelteile zu zerlegen und neu zusammen zu setzen. Nicht schön, aber notwendig und letztlich heilend!

Ohne diese Zerbrochenheit in mir, würde ich nicht zu schätzen wissen, wie es ist, wenn dann irgendwann mein Herzensmensch in mein Leben kommt, der genauso von seiner Geschichte auseinandergenommen wurde wie ich und wir gemeinsam unsere Einzelteile zu einem großen Ganzen vereinen dürfen - etwas was uns komplett macht und erfüllt.

Ich würde nie zu schätzen wissen, wie zauberhaft es ist, gemeinsam das Puzzle zusammenzufügen und den anderen zu entdecken, mich selbst ein Stück weit in ihm zu entdecken und wiederzufinden.

Manchmal werde ich nachts wach, weil ein Mensch, der mir am Herzen liegt, kilometerweit entfernt auch gerade nicht schlafen kann... verrückt! Eine kurze, zauberhafte Begegnung in der Nacht. Während der andere sich umdreht und weiter schläft, umfängt mich eine tiefe Stille.

Einige Herzen verstehen sich selbst in der Stille, ohne dass man etwas sagen oder zusammen sein muss. Manchmal muss man einfach still sein, weil Worte nicht beschreiben können, was gerade in Geist und Herz vor sich geht. Manchmal ist jedes Wort zu viel...

Herzen, die im Gleichschritt auseinander gehen...

Stiller Raum, stille Nacht – alles schläft, (nicht nur) ich bin wach...

Eine Ode an die Freundschaft

Man braucht Menschen im Leben,
die einen einfach sein lassen wie man ist:
Liebevoll, charmant, verletzlich, zickig,
launisch, sentimental, eigen, melancholisch,
übersprudelnd, albern, ...
diese Liste lässt sich unendlich fortsetzen.
Es gibt nicht viele dieser Menschen...

Menschen,
die einem Herz oder Hirn sind,
je nachdem was man selbst gerade nicht genügend hat.
Menschen,
die die Grautöne sehen,
wenn man selbst nur schwarz-weiß denkt.
Menschen,
die deine Ängste dadurch relativieren,
dass sie sie nicht abtun, sondern versuchen zu verstehen.
Menschen,
bei denen Du zur Ruhe kommst - in Dir.
Menschen,
die dich du selbst sein lassen
und dich dabei so ergänzen, vervollständigen,
dass Du über Dich hinaus wächst.
Menschen,
die Dir die Melodie deines Herzens vorsummen,
wenn Du sie mal wieder vergessen hast.
Menschen,
die Dich trotz so vieler kleiner "Neins"
mit Überzeugung bejahen.
Menschen,
die dich lieben weil Du bist wie Du bist.

Menschen,
denen du manchmal einfach nur auf den Nerv gehst,
die du an manchen Tagen am liebsten siehst,
wenn sie die Tür hinter sich schließen und du dich freust,
wenn sie das nächste Mal wieder kommen.

Menschen,
die nicht ständig an deiner Seite sein müssen,
deren Freundschaft Entfernungen, Zeiten überbrückt.
Menschen,
ohne die dein Leben ärmer wäre,
die dich auffangen, halten
und Dich an ihrer Hand durchs Leben zerren,
wenn du stehen bleiben möchtest.

Sei dankbar, wenn Du ein paar
solcher Lieblingsmenschen hast.
Manche begleiten Dich vielleicht über Jahre,
manche waren nur für eine Zeit Wegbegleiter
und manche sind erst kurz bei Dir
und trotzdem nicht mehr wegzudenken.

Jeder von ihnen ist so wichtig, kostbar, unersetzlich!
Unsere Lieblingsmenschen – wir lieben sie –
jeden auf seine ganz eigene Weise!

Von Minneliedern...

Hattest Du auch schon einmal das Gefühl, dass Dir jemand sofort vertraut war? Obwohl Du diesen Menschen erst ganz kurz kanntest, schien es, als ob ihr schon Ewigkeiten befreundet seid. Offensichtlich stimmte die Chemie. Die Esoteriker unter uns (grins – ich bin da als Kartenlegerin ja raus) sprechen da gerne von Seelenverwandtschaft.

Wie auch immer man es aber nennen mag, manche Menschen, scheinen mehr man selbst zu sein, als man selbst es ist und aus was auch immer Seelen gemacht sind, sie haben dieselbe wie Du, sind aus demselben Stoff gemacht.

Jemand, der Deine Seele versteht, ist wahrscheinlich die wichtigste Person, die Du treffen kannst in Deinem Leben, denn derjenige wird Deine Mauern einreißen und Dich auf- und wachrütteln. Das wird nicht immer einfach sein, denn derjenige wird Dich an Deine Grenzen bringen, aber auch darüber hinaus. Denn wenn Du Deine alten „Gefängnisse" überwunden hast, wirst Du fliegen können.

So jemand kommt nicht friedlich. Diese Person wird Dinge in Frage stellen, wird Dich in Frage stellen und wird Dich dazu bringen alles Bisherige neu zu hinterfragen und an neues mit einer anderen Sicht heran zu gehen. Deine ganze Welt wird auf den Kopf gestellt, links auf rechts gedreht werden.

Und Deine Perspektive wird sich ändern. Mit diesem Menschen wird Dein Leben in „vor ihm" und „nach ihm" aufgeteilt.

Und auch, wenn diese Person für andere ganz gewöhnlich ist, wird sie für Dich etwas Besonderes sein. Sie wird es schaffen, Deine Welt in zwei Sekunden zu revolutionieren.

Bei all dem Chaos, dass diese Person in Dein Leben bringt, wird sie einfach für Dich da sein... nicht um irgendetwas wieder hinzubiegen oder Dein Leben zu sortieren, sondern um

Dich zu unterstützen und Dir das Gefühl zu geben, dass sich jemand um Dich kümmert.

Es wird schwer sein, sich nicht zu verlieben, wenn da jemand plötzlich all Deine unterschiedlichen Seiten nicht nur sehen kann, sondern sie auch versteht und Dich sein lässt, wie Du bist. Wenn jemand all Deine dunklen Geheimnisse kennt und Dich trotzdem oder gerade deswegen mag. Wenn jemand Dich um 4 Uhr morgens anruft, weil er genau weiß, dass Du nicht schlafen kannst…

Wenn Du so einen Menschen schon in Deinem Leben hast, dann sage ihm mal wieder, was Du so sehr an ihm schätzt – es wird ihm ein Lächeln ins Gesicht zaubern!

Ach… wie pathetisch und romantisch gerade…

Wie Du siehst, kann ich nicht nur Drama!

Was soll ich sagen? Ich bin eine alte Seele, die an Ritterlichkeit, Romantik und Liebe glaubt.

Wir alle sollten wohl so einen Menschen haben… seufz…Und ich schwöre Dir:

Irgendwann steht unter meinem Balkon jemand und singt Minnelieder für mich… irgendwann…

Dein Herz aus Stein

Mit Dir schwebe ich -
ständig sind wir in einem Zustand
zwischen Kommen und Gehen.
Immer wenn ich denke,
jetzt läuft es gut mit uns,
ziehst Du Dich zurück.
Und wenn ich alles hinschmeißen will,
kommst Du plötzlich mit aller Macht zurück.
Du explodierst wie eine Bombe in mein Leben
und verschwindest spurlos, sang- und klanglos.
Immer wenn ich meine Augen schließe
und mich verabschiede,
öffnest Du mein Herz für einen Neuanfang.
Du bist unbeständig wie das Aprilwetter –
einmal scheint Deine Sonne
und dann tobt Dein Sturm.
Du bist geheimnisvoll –
nie sagst Du mir,
was Du wirklich fühlst.
Du ziehst mich an Dich
und treibst mich von Dir fort.
Bei Dir beiße ich auf Granit
und doch bist Du weich wie Samt.
Ist Dein Herz eigentlich aus Stein?
Komm entweder näher oder geh!
Und wenn Du kommst, dann bleib!
Und wenn Du gehst, dann für immer.
Aber mit dieser halbgaren Schwebe
zwischen uns ist es nur eines:
furchtbar anstrengend.
Wir müssen das hinkriegen -
Du musst für mich greifbar werden,
sonst schließe ich meine Augen und verabschiede mich,
damit ich mein Herz für jemand neuen öffnen kann.
Ich kann nicht mit Dir schweben,
wenn Dein Herz ein steiniger Haufen ist.

Deine Stimme

Lieber Mr. X,

ich habe mich nicht bei Dir gemeldet in den letzten Tagen, weil es Zeit war Abstand zu gewinnen.

Was soll ich Dir sagen?

Er hat mir nicht gut getan, der Abstand zwischen uns. Aber ich habe ihn gebraucht, um herauszufinden, was mehr weh tut: gar keinen Kontakt mehr mit Dir zu haben oder es auf Deine Art weiterlaufen zu lassen mit uns.

Also habe ich mich nicht gemeldet und ich kann Dir sagen, nichts kann schlimmer sein, als Dich nicht in meinem Leben zu haben – derzeit zumindest noch, noch will ich Dich nicht verlieren.

Und nur weil ich mich nicht gemeldet habe, heißt das nicht, dass ich nicht verzweifelt auf Deine Nachricht gehofft habe, ein kleines Lebenszeichen von Dir. Es heißt nicht, dass ich nicht gestorben wäre, um endlich wieder mit Dir zu sprechen.

Ich höre Dir einfach so gerne zu und ich will noch so viel von Dir wissen, es gibt noch so viel an Dir zu entdecken und zu erforschen. Erzähle mir bitte von Dir, bitte.

Erzähle mir vom Text des Liedes, das Du immer wieder hörst und sag mir, warum es Dein Lieblingsong ist.

Erzähle mir von Deiner ersten großen Liebe und warum Du sie so geliebt hast, warum das Ende Dir das Herz brach.

Erzähle mir von den Büchern, die Du liest und was Du tust, wenn Du alleine bist.

Erzähle mir, was Deine letzten Gedanken sind, bevor Du einschläfst.

Erzähle mir, was Dich bewegt, was Dich ausmacht.

Erzähle mir, wer Du wirklich bist.

Sprich mit mir über Dich – ich will einfach nur diejenige sein, der Du das alles erzählst.

Bitte lass mich die EINE sein, die tief in Dich blicken darf!

Die, die nicht nur an der Oberfläche kratzt, sondern Einlass bekommt in Dein Inneres.

Und wenn Du heute keine Lust hast, zu erzählen, dann lese mir meinetwegen aus dem Telefonbuch vor – ich mag einfach nur Deine Stimme hören.

Wenn ich mich das nächste Mal tagelang nicht melden sollte, dann schick mir bitte eine Sprachnachricht, damit ich Deine Stimme nicht vergesse.

Wenn Du doch nur einmal voller Liebe meinen Namen flüstern würdest...

Was ich Dir eigentlich sagen wollte:

ich brauche keine Distanz, ich gehe nicht!

Bitte bleib!

Deine XY

Das Wildpony in mir

Obwohl es mir das Herz gebrochen hat,
war und bin ich immer noch froh,
dass es „uns" gab.
Nichts wird die Erinnerung daran zerstören,
noch nicht mal Du kannst das.
Großzügig werde ich darüber hinwegsehen,
dass Du mich nicht lieben kannst –
nicht so wie ich es verdient habe
und nicht so wie ich bin!
Denn dass Du mich liebst steht außer Frage –
auf Deine ganz eigene Art und Weise tust Du es.
Du hast versucht mein wildes Herz zu zähmen,
das Wildpony einzufangen und zu bändigen,
aber so funktioniert das nicht.
Ich brauche niemanden,
der mich zähmt,
sondern jemanden,
der mit mir wild ist,
der es genießt mit mir zu rennen.
Jemanden, der mich dadurch zähmt,
dass er mich frei lässt,
jemanden der mit mir zusammen wild ist,
so jemanden brauche ich.
Doch Du,
Du hast mich gebrochen,
hast mich eingesperrt,
mich draußen in der Kälte stehen lassen.
Jetzt wunderst Du Dich,
dass ich noch genug Kraft hatte,
um über Deine Gatter zu springen
und die Freiheit zu wählen.
Du wunderst Dich,
dass ich Deine Wärme nicht brauche,
um nicht zu erfrieren.
Das Galoppieren in der Freiheit,
dadurch wird mir warm.
Auch Du wirst noch lernen,
dass es völlig egal ist,

mit wie vielen Menschen Du Dich umgibst,
dass nur die zählen,
die Dich verstehen –
Du hast mich nicht verstanden
und ich verstehe Dich nicht mehr.
Aber meine Erinnerungen,
die bleiben mir!
Danke für die Zeit mit Dir,
doch eingesperrt sein liegt mir nicht…
Ich ziehe die Freiheit vor!

Was „erwachsen sein" bedeutet...

Ich wollte ja nie so richtig erwachsen sein, bin auch heute noch ein ganzes Stück von dem entfernt, was man als Erwachsener wohl so macht. Ich bin nicht verheiratet, habe kein Haus gebaut, keinen Baum gepflanzt und auch kein Kind in die Welt gesetzt.

All das, was andere Erwachsene wohl so tun und was allgemein noch dem gängigen Bild entspricht, habe ich ausgelassen. Von all dem bin ich meilenweit entfernt.

Aber erwachsen bin ich dennoch geworden in den letzten Jahren. Woran ich das ausmache? Ich habe festgestellt, dass „erwachsen sein" für mich persönlich bedeutet ehrlich zu sein.

Ich bin heute ehrlich, wenn es darum geht was ich will und vor allem, was ich nicht mehr will.
Ich weiß was und wer mir gut tut und wer nicht. Ich bin in der Lage ganz klar zu formulieren, wenn etwas nicht so läuft, wie es soll, wenn mich etwas verletzt oder aber auch, wenn ich mich wohlfühle.
Ich halte nicht mehr hinter dem Berg mit dem, was ich von mir und einem anderen erwarte.

Ich bin heute ehrlich, wenn es darum geht, was ich brauche.
Ich kann meine Bedürfnisse klar ausdrücken und gestehe sie mir zu. Ich werde nichts mehr tun, was gegen meine ganz eigenen Werte oder Befindlichkeiten geht.
Ich bin in der Lage auch meinen Mitmenschen zu sagen, was ich von ihnen brauche –
ganz egal, ob das mehr Nähe oder mehr Abstand ist.

Ich bin heute ehrlich, wenn es darum geht, was ich fühle.
Ich verstecke meine Emotionen nicht mehr, sage, was in mir vorgeht. Diplomatisch mag ich vielleicht noch rote Schleifchen drum herum binden, aber das Leben ist mir schlichtweg zu kurz, als dass ich jemanden nicht sage, dass ich ihn liebe oder Gefühle für ihn habe oder eben, dass ich keine Zeit mit ihm verbringen möchte und er mich runterzieht.

Ich bin heute ehrlich, wenn es darum geht, wer ich bin.
Ich mache mir nichts mehr vor und lasse mir nichts mehr vormachen.
Ich weiß um meine Stärken und Schwächen – egal ob das meinen Charakter oder meinen Körper betrifft.
Ich weiß um sie und ich akzeptiere sie – zwar mal mehr, mal weniger gut, aber ich nehme sie an und damit nehme ich mich an. Ich bin so wie ich bin im Großen und Ganzen gut.
Mit mir muss letztlich nur ein einziger Mensch auf dieser Erde zurechtkommen: ich selbst.
Solange ich das nicht tue, wird mich auch sonst keiner akzeptieren und vor allem respektieren.

Aber seit ich mich liebe, so wie ich bin und nicht wie alle anderen meinen, dass ich sein sollte, seitdem werde ich auch zurück geleibt – nicht von jedem und natürlich gab es Verluste zu vermelden, aber seit ich weiß wer ich bin, lieben mich die Menschen, die mich so annehmen, wie ich bin.
Menschen, die mich sein lassen wie ich bin, die mich so stehen lassen, akzeptieren mit all den Ecken und Kanten, Eigenheiten und all den schönen Facetten, die mich ausmachen. Und nur diese Menschen sind wichtig!

Erwachsen sein bedeutet Ehrlichkeit!

Mir selbst und anderen gegenüber! Keine „Spielchen" mehr!

Ja, was das anbelangt bin ich wohl wirklich ein Stück erwachsener geworden – aber sonst?

Darüber habe ich gerade keine Zeit nachzudenken, ich muss mal mit dem Kind in mir eine Runde schaukeln gehen und albern sein!

Der unendliche Krieg

In mir tobt ein fortwährender Krieg –
mein Kopf kämpft mit meinem Herz
und niemand geht dazwischen.
Ich bin zu oft und zu lange wach,
als dass ich den Morgen
freundlich begrüßen könnte.
Kann es wirklich noch mehr wehtun?
Was soll denn noch alles zerbrechen
und mich zerstören?
Was kommt denn noch alles?
Es reicht doch auch einfach irgendwann mal.
Wer ist denn da,
wenn ich in der Dunkelheit sitze?
Wer nimmt mich in den Arm und tröstet mich?
Wer kämpft meinen Kampf mit mir –
stürzt sich in die Schlacht,
um sich an meiner Seite für das Gute einzusetzen?
Wer bleibt ruhig, wenn ich wüte?
Wer ist stark, wenn ich schwach bin?
Wer sieht meine Schwäche nicht als Schwäche,
sondern als Stärke?
Wer kann mich tragen,
wenn ich nicht mehr tragbar bin?
Wer legt mir beruhigend die Hand auf die Schulter
und hält mich zurück,
wenn ich mich in mir selbst zu verlaufen drohe?
Alles in mir rebelliert, nimmt mir den Atem,
überfordert mich.
Ich ziehe in Schlachten,
die ich meine führen zu müssen,
gegen mich und andere
und kämpfe doch eigentlich nur gegen die Einsamkeit.
Ich werde vom Chaos beherrscht,
kann nicht zugeben,
dass ich jemanden brauche,
der bei mir ist,
mich hält und für mich da ist.
Wer schenkt mir Trost,

wenn ich verzweifle?
Wer kann mich tragen?
Es muss gar nicht für immer sein.
Geh doch einfach nur ein kleines Stück mit mir.
Nur, bis die Wunden verheilt sind und
ich wieder aufstehen und alleine laufen kann.
Bring nur für einen Moment mein Kopfkino zum Stillstand
und sei für mich da.
Kannst Du mich tragen?
Trag mich hier raus! Bitte!

Zu dumm zum Lügen

Während der Recherche zu „Mit rasierten Beinen spricht sich's besser!" habe ich mich ja bewusst wieder auf verschiedenen Datingportalen angemeldet, um herauszufinden, ob meine Vorurteile dem ganzen gegenüber immer noch begründet sind oder ob sich alles gebessert und geändert hat. Was soll ich sagen? Von den meisten Portalen habe ich mich innerhalb weniger Tage wieder abgemeldet. Vielleicht kann man ja wirklich Glück haben und jemanden treffen, der das Herz berührt und der es ernst meint (das wäre zumindest meine Intension für eine Suche), aber so langsam verliere ich den Glauben daran. Natürlich hängt es davon ab, was man denn genau sucht – auch hier gilt wohl: Jedem Topf sein Deckelchen. Ich fühle mich da eher wie ein Wok... auch wenn meine Lieblingskollegin behauptet auch für die gäbe es Deckel.

Worauf ich eigentlich hinaus will ist, dass ich mich von den Portalen wieder abgemeldet habe. Selbst von einer Plattform, auf der mein Profil schon seit Jahren besteht – ich habe die Lust an der Sache verloren. Bei keinem fiel es mir schwer auf „Profil löschen" zu drücken. Bis auf ein Portal – das einzige, wo ich noch ein aktives Profil habe – auch jetzt noch. Ich nutze es, um mit Freunden in Kontakt zu bleiben und ein wenig Werbung für meine Bücher zu machen. Online bin ich dort nur, wenn mir mein E-Mail-Postfach eine neue Nachricht dort verkündet. Im Zuge der Veröffentlichung von Buch 2 war ich aber in den letzten Tagen doch wieder öfter dort online – leider (oder vielleicht sogar zum Glück für mich) hatte das aber auch wieder diverse Nachrichten zur Folge.

An für sich ja schön, wenn sich jemand für mich und mein Profil interessiert. „Was beschwert sie sich?", denkst Du jetzt sicher. Vielleicht sollte ich dazu sagen, dass mein Profil so gar nichts über mich aussagt. Das Bild ist so unscharf und verschwommen, dass man nichts sieht und mein Text sagt ganz deutlich, in fett und Großbuchstaben, dass ich nichts und niemanden suche und falls doch, habe ich mein „Was ich wirklich will..." aufgelistet. Mehr kann doch zur Abschreckung nicht dienen – so dachte ich. Doch weit gefehlt

– allein an den Zuschriften in dieser Woche lasse ich Dich jetzt teilhaben:

Mann A: „Hallo! Lust auf Ficken?"
Mann B: „Supertolles Bild von Dir – wollen wir uns mal treffen?"
Mann C: „Hallo – was suchst Du hier?"
Mann D: „Brauchst Du es nötig? Hab Zeit"
Mann E: „Hast Du noch Platz in Deiner Sockenschublade?"

Huch! Ich gestehe, ich zeigte mich beeindruckt, denn offensichtlich hatte Mann E meinen Text bis zum Ende gelesen, denn bei „Was ich wirklich will…" steht: „Deine Socken in meiner Schublade".
Wer in der Lage ist zu lesen, sollte auch eine Antwort bekommen und so schrieb ich ein paar Nachrichten mit Mann E hin und her und schließlich hatte er mich sogar soweit, dass ich mit ihm telefonierte. Dafür schienen mir alle Voraussetzungen gegeben. Er hatte ein an-sprechendes Profil, die Eckdaten passten (Single) und sympathisch ausgesehen hat er auch. Seine Nachrichten waren aufdringlich und witzig, also Telefonat.
Glaubst Du mir, dass ich gerade während ich das schreibe über mich selbst lachen muss? Wie herrlich naiv ich nach all meinen Erfahrungen noch bin. Lass es mich erzählen:
Mann E schickte mir also erstmal Bilder seines Hauses per Whatsapp (getreu dem Motto: mein Haus, mein Boot, mein was auch immer) und ich weigerte mich, mich beeindruckt zu zeigen. Im Gegenteil sah ich mich bemüßigt, ihn zu fragen, was er denn allein mit einem Haus macht und er antwortete, dass er das für sich gebaut hat. Oh ja, ich wurde stutzig und hakte natürlich nach, aber er erklärte mir, dass man das doch tun kann, wenn man genug Geld verdient, so wie er. Ok, da hat er recht. Ich fragte aber noch einmal, ob er wirklich Single sei und er war fast beleidigt, dass ich ihm eine Lüge unterstellte. Jetzt war der Gute auch noch so „schlau" seinen Namen bei Whatsapp komplett anzeigen zu lassen und während wir gerade telefonierten und er mir erörterte, warum er dieses Haus so liebt, kam ich auf die Idee, seinen Namen mal bei Facebook einzugeben… ganz blöd bin ich ja auch nicht!

Und tataaaaaaaa… ein wunderschönes Profilbild des Herren mit einer Frau und „verheiratet" ist er laut FB auch. Da habe ich doch gleich mal nachgefragt und ich bin immer noch über die Dreistigkeit der Antwort begeistert: „Das ist meine Frau, wir haben uns aber getrennt."
„Und warum steht dann auf FB noch verheiratet und warum vor allem seid Ihr noch gemeinsam auf Deinem Profilbild?"
„Wir verstehen uns noch sehr gut. Man muss ja nicht gleich einen Rosenkrieg haben, oder?"
„Na, das freut mich für Euch. Wenn ihr getrennt seid, ist es also kein Problem, wenn ich gleich auf einen Kaffee bei Dir vorbei komme?"
„Also… ich will da ja ehrlich zu Dir sein… (WAS? Auf einmal?) wir wohnen noch zusammen hier, weil das anders finanziell nicht machbar ist und wir ja auch ein Kind haben, sind aber im Haus getrennt."
„Dann habt ihr zwei Wohnungen im Haus?"
„Nein, wie kommst Du denn da drauf?"
„Und wenn ich Dich jetzt frage, ob Du über Nacht zu mir kommst?"
„Na, das geht schon mal… wenn ich halt nicht auf die Kleine aufpassen muss…"
„Kann es sein, dass Ihr gar nicht getrennt seid?"
„Doch natürlich! Wie kommst Du denn jetzt da drauf? Aber die nächsten Jahre ist es halt finanziell nicht möglich, uns räumlich zu trennen, sonst verliere ich das Haus. Aber getrennt sind wir."

AAAAAAAAAAAHHHHHHHHHHHHHHHHHH!!!

Also, mein kleiner Tipp an die Männerwelt! Wenn ihr schon lügt, dann doch bitte gut!
Nichts ist schlimmer, als wenn man mir zu wenig Intellekt unterstellt, als dass ich eine Lüge nicht schon auf 100 m als solche erkennen kann! Wie kann ich denn meinen richtigen Namen verwenden, wenn ein „Auffliegen" dadurch nur einen Mausklick entfernt ist?

Aus irgendeinem Grund habe ich mich mit Mann E doch nicht getroffen und seine Nummer ist „aus Versehen" gelöscht.

Jetzt bist Du da

Manchmal glaube ich,
dass ich Dich schon vermisst habe,
bevor ich Dich überhaupt kannte.
Du bist in mein Leben geknallt,
mit all dem was Dich ausmacht
und ich stelle fest,
dass ich mit allen anderen,
die vor Dir waren,
doch immer nur Dich gemeint habe.
Nur Dich gemeint haben kann!
Es wäre vermessen zu fragen,
wo Du all die Jahre warst
und es ist mir auch egal.
Jetzt bist Du ja da!
Du bist da und zeigst mir,
dass ich nie etwas anderes wollte als Dich.
Bleib einfach noch ein bisschen!
Wer weiß für wie lange?!
Bleib und lass uns genießen,
was wir aneinander haben.
Ohne an die Zukunft zu denken.
Wenn ich ehrlich bin,
mag ich Dich nie wieder vermissen!

Die Macht der Musik
("Für ihn")

Danke, mir geht's gut! Mach Dir keine Sorgen um mich.
Ich habe schon seit Ewigkeiten nicht mehr an Dich gedacht
und sicher finde ich wieder jemanden wie Dich.
Du bist nur ein weiteres Kapitel meines Lebens,
das ich abschließen musste.
Es ist lange her...
Ich weiß nicht mehr wie Du riechst,
wie mich Dein Blick immer in den Bann zog,
wie Dein Lächeln mein Herz berührt
und deine Worte meine Seele gestreichelt haben.
Ich weiß noch nicht mal mehr wie Deine Haare kitzelten,
wenn mein Kopf auf Deiner Brust zur Ruhe kam,
wie sich unsere Hände von selbst ineinander verschränkten
und so gut ineinander passten.
Keine Ahnung mehr wie Du das "Hallo" betonst
und noch weniger von der Gänsehaut,
die Deine Stimme verursacht, wenn Du meinen Namen sagtest.
Alles nur verschwommene, fast vergessene Erinnerungen.
So besonders warst Du doch gar nicht für mich! Du doch nicht!
Danke, es geht mir gut! Mach Dir keine Sorgen!
Ehrlich und endlich!!!
Doch dann...
dann höre ich dieses eine Lied und schlagartig ist alles,
bist Du wieder da - nur wegen dieses einen verdammten Liedes!
Ob ich es je hören kann ohne an Dich zu denken?
Du bist wieder da – als wärest Du eben erst nackt im
Badezimmer verschwunden, um gleich wieder im warmen Bett
Deine Arme um mich zu legen - Du bist einfach so wieder da.
Ich kann es nicht hören ohne diese Wehmut und Sehnsucht
nach Dir - dieses verdammte Lied!
Ich höre es und schmecke Deinen Abschiedskuss.
Es packt mich immer wieder, immer noch.
Ausschalten!
Ich muss es ausschalten und Dich zurück
in die hinterste Ecke meines Herzens schieben,
wo Du immer einen Platz haben wirst,

wo Du immer noch wohnst.
Ich streife die Erinnerung an Dich ab
wie eine alte, zu enge Haut,
wische sie trotzig weg wie die eine Träne,
die lautlos ihren Weg über mein Gesicht findet.
Dabei denke ich doch gar nicht mehr an Dich?!
Nur ein weiteres Kapitel!
Danke, mach Dir keine Sorgen, es geht mir gut!
Solange bis die Macht der Musik mich packt
und Du wieder da bist...
Mach Dir keine Sorgen,
ich werde jemanden wie Dich finden!
Oder noch besser, jemand besseren als Dich!
Ich werde jemanden finden,
der bleibt und der nicht nur durch die Macht der Musik
zu mir zurück gebracht wird!
Ach erwähnte ich schon?!
Du fehlst mir!

Über die Kunst aus einer Mücke einen Elefanten zu machen...
... die Drama Queen in mir!

„Künstler kann man nicht werden, man hat das Talent dazu oder eben nicht.", das habe ich neulich gelesen. Und ja, auch ich habe viele Talente – vor allem bin ich eine richtig gute Künstlerin, wenn es darum geht aus einer Mücke einen Elefanten zu machen. Da scheint mein Talent unerschöpflich!

Ich würde mich ja selbst gerne mit so tollen Charaktereigenschaften wie Ruhe, Gelassenheit und Geduld rühmen, aber um ehrlich zu sein, bin ich weit davon entfernt ruhig, gelassen oder gar geduldig zu sein.

Ich habe ja schon viel zu viel damit zu tun alles Mögliche in Situationen, Sätze und Menschen hineinzuinterpretieren – aber das, das kann ich richtig gut! Darin bin ich Expertin!

So wird dann in null Komma nix nicht nur ein Elefant aus der harmlosen Mücke, sondern gleich gar ein rosa Elefant mit Hotpants, blauen Gummistiefeln, weißen Flügelchen und einem Sonnenschirm im Rüssel – so was, so was kann ich!

Meine Persönlichkeit hat ja so einige Facetten und die Drama Queen in mir, die spielt häufig eine (leider viel zu) große Rolle.

Mein Kopf sagt: „Atme, alles gut, alles klärt sich", während meine Drama Queen Tango auf den zum Reißen gespannten Drahtseilen meiner Nerven tanzt.

Ich kann Dir sagen, dass die Phantasie einer Autorin in solchen Situationen mehr Fluch als Segen ist. Extravorstellungen laufen dann in meinem Kopfkino, ach was, Extravorstellung, gleich die ganze, lange Kinonacht wird gezeigt!

Drama, Baby!

Oh ja und dann gerate ich innerlich völlig außer Kontrolle, da geht quasi mein kleines, dickes, emotionales Wildpony mit mir durch, scharrt mit den Hufen und bockt.

Natürlich weiß ich, dass ich eine Drama Queen bin, machen wir uns mal nichts vor, aber nur das Wissen um sie, bringt sie noch lange nicht zum Verstummen und schnell wird aus ihrem Tango ein Quickstepp!

So gerne würde ich von mir behaupten, dass ich ein spontaner Typ sei, völlig unabhängig und Pläne einfach problemlos über den Haufen werfen kann, aber wem will ich da eigentlich was vormachen?

Ich liebe nun mal Regelmäßigkeiten und Beständigkeit. Ich mag es, wenn ich mich auf etwas verlassen kann, wenn gegebene Versprechen eingehalten werden.

Nichts wirft mich mehr aus der Bahn, als wenn plötzlich etwas ganz anders läuft als vorgesehen oder Worte, die gestern noch Gültigkeit hatten, sich heute als Lüge herausstellen.

Ich muss mich auf meine Lieblingsmenschen verlassen können, sonst bin ich kein Mensch, sonst bin ich kein Mensch, sondern nur noch Drama… und das viel zu oft, viel zu unnütz, weil sich dann doch alles irgendwie klärt und ich im Nachgang über mich selbst lachen muss oder mich eher anschreien könnte.

Eigentlich kann mein ganzes Leben in einem Satz beschrieben werden:

Nichts lief wie geplant!

Vielleicht macht mich genau das allergisch auf Unsicherheiten, die mich aus dem Gleichgewicht und die Drama Queen aufs Parkett bringen?

Aber ich arbeite daran – versprochen!

Also... Ein ander Mal vielleicht, beim nächsten Mal vielleicht!

Jetzt muss ich aber los, sorry, keine Zeit!

Das Wildpony will gesattelt und ins Kopfkino ein neuer Film eingelegt werden! Die Tanzschuhe für die Drama Queen sind poliert!

Und wenn ich das nächste Mal die Kunst perfektioniere aus einer Mücke einen Elefanten zu machen, dann hoffe ich, dass er zu den heißen Hotpants auch einen passenden Pailletten-BH trägt!

So geht Drama, Baby!

Dieser Widerspruch

Weißt Du eigentlich,
dass ich mit Dir einfach mehr zu lachen habe?
Habe ich Dir je gesagt,
dass Du mich „mich" selbst erkennen lässt
und ich mir dank Dir wieder selbst mehr vertraue,
mir Dinge zutraue, die ich ohne Dich nie gemacht hätte?
Wenn irgendetwas gut läuft bei mir,
oder völlig aus dem Ruder,
wenn ich etwas Witziges erlebe,
oder etwas völlig Verrücktes,
dann bist Du der erste,
dem ich das erzählen möchte,
das habe ich Dir nie gestanden.
Du vervollständigst meine Seele nicht,
Du bist derjenige, der mich daran erinnert,
dass ich schon vollständig und gut bin.
Das ist so viel mehr.
Du bist der einzige,
der auch nur einen kleinen Hauch
von mir verstanden hat.
Ich werde für Dich da sein -
nicht nur, wenn es Dir gut geht.
Ich werde da sein,
ganz egal was auch kommen mag.
Weißt Du eigentlich,
dass es mir reicht,
Dich nur 10 Sekunden lang anzusehen und
ich dabei 1000 gute Gründe finde,
warum ich Dich liebe?
Habe ich Dir je gesagt,
dass Du mich,
mit dem was zwischen uns ist,
einerseits zu Tode ängstigst und aber auch
gleichzeitig meine Wellen ruhig ans Ufer legst?
Vielleicht ist genau das Liebe?!
Dieser Widerspruch,
der sich doch irgendwie ausgleicht.
Mit Dir ist die Welt irgendwie schöner...

Der Drachenzähmer

Ich gestehe, dass ich im tiefsten Inneren ja immer noch daran glaube, dass irgendwann mein Romeo, Räuber, Pirat und Drachenzähmer vor der Tür steht – ich glaube, im tiefsten Inneren bin ich halt doch eine hoffnungslose Romantikerin und alte Seele, die noch an die große Liebe glaubt.

„Warum eigentlich Drachenzähmer?" wurde ich neulich gefragt. Zum einen finde ich das mit den „Drachentötern" so grausam.

Klar, jedes Mädchen wünscht sich den EINEN, der auch Drachen für sie töten würde – ich will lieber einen, der sie mir zähmt.

Zum anderen ist mein chinesisches Sternzeichen Drache und wen es einer schafft, den Drachen in mir zu zähmen und zu besänftigen, dann ist er DER Mann für mich.

Es muss einer kommen, der seine Hände auflegt und meine Wellen ruhig ans Ufer legt…

Es muss einer kommen, der in der Lage ist, mich mit all meinen Facetten zu lieben, zu respektieren, wahr- und anzunehmen.

Dass das nicht einfach wird, weiß ich – böse Zungen behaupten gar, ich wäre „nicht ganz einfach". Aber ich weiß, es ist machbar und im Gegenzug bin ich dazu bereit all das auch zurück zu geben.

Sarah Connor hat es in ihrem Lied „Mein König" ganz schön beschrieben:

„Ich kann nur schwer allein sein,
kann zynisch und gemein sein.
Manchmal tu ich mir selber weh.
Wenn die alten Wunden brennen
und ich will einfach rennen,
dann legst du deine Hände auf…
Egal was auch passiert,
du steigst für mich in jeden Ring,
Du tötest jeden Drachen
und machst mich zur Königin."

Nur mein „König" darf die Drachen am Leben lassen, aber zähmen, zähmen sollte er sie können.
Und „zähmen" ist für mich nicht gleichbedeutend damit mein „wildes, ungestümes, hoch emotionales und freiheitsliebendes" Wildpony einzufangen oder gar einzusperren.
„Zähmen" heißt für mich, dass mir jemand so viel Freiheit gibt, mich so sehr „ich" sein lässt, mit allen Ecken, Kanten, Rundungen und Widersprüchen, dass ich vollkommen freiwillig meinen Kopf senke, ihn die Hand auflegen lasse und an seiner Seite sein möchte.

Warum sollte „Beziehung" auch bedeuten sich eingeengt zu fühlen?
Ich warte und hoffe auf jemanden, der mich nicht brechen will, der meinen Stolz und meine Stärke als zauberhafte Herausforderung sieht und der mir hilft meine Träume zu verwirklichen.
Jemanden, mit dem ich mich gemeinsam ins Leben verlieben kann und der mich dazu bringt, mich für ihn nicht aufzugeben, aber mich ihm hinzugeben.
Jemanden, der meinen Drachen und mein Wildpony auf eine Art und Weise zähmt, die sie zur Ruhe kommen lassen, die sie wissen lassen, dass sie für ihn einzigartig auf der Welt sind.
Jemanden, der durch seine Liebe mein Wildpony zähmt und ihm dadurch seine Freiheit schenkt.
Eine Beziehung mit dem richtigen Partner an der Seite ist keine Einschränkung, sondern eine Erlösung!
Und mit nichts weniger mag ich mich zufrieden geben!
Alles andere reicht einfach nicht, wird immer wieder den natürlichen Fluchtreflex meines Wildponys auslösen und es dazu bewegen, die Freiheit zu suchen…
Dann hat es einfach nicht gereicht!

Es ist völlig ok, sich nicht mit etwas zufrieden zu geben, das nur in Ordnung ist!

Und mit nichts weniger als einem Drachenzähmer mag ich mich zufrieden geben!

Sch... bin ich verliebt

Lieber Mr. X,

ich habe den ganzen Tag sinnlos verbummelt... und Löcher in die Luft gestarrt, mit einem debilen Dauergrinsen den Alltag an mir vorbei ziehen lassen...

Was ich gerade mache?

Nichts... naja, nichts stimmt nicht so ganz...
ich denke an Dich –
den ganzen Tag schon, ich denke an Dich und grinse, lächele vor mich hin, versuche meine drei Gehirnzellen zusammen zu nehmen und an was anderes als an Dich zu denken – gelingt aber nicht!

Ich glaube nicht an Liebe auf den ersten Blick, aber als Du mir über die Füße gestolpert bist, an einem kalten Wintertag, da wusste ich, dass das mit uns was Großes werden kann, ich wusste, Du wirst eine wichtige Rolle in meinem Leben spielen.

Du, ich und ein verregneter Nachmittag...
das war letztlich schuld!

Genau das war es, was meine Zweifel dazu gebracht hat wild die weißen Fähnchen zu schwenken, das hat mich in die Knie und zur Aufgabe gezwungen.

Was es genau war?

Du und ich... wir waren zusammen – mehr weiß ich nicht mehr.

Alles andere ist unwichtig, ausgelöscht – es gab nur uns.

Dieser kalte, verregnete Tag, an dem es nur uns gab.

Ich meine, dass ich mich noch erinnern kann, dass die Äste der Bäume trostlos im Regen hingen...

Ohne einen besonderen Grund, ohne es überhaupt zu wollen, habe ich mich an diesem Tag in Dich verliebt – es gab gar keinen speziellen Anlass. Naja, vielleicht mal davon abgesehen, dass es nicht sonderlich schwer war, sich zu verlieben, wo Du doch alle Schattierungen meiner Seele erforscht und Dir die dunkelsten und staubigsten Ecken meiner Gedanken hast zeigen lassen, ohne davor zurück zu schrecken.

Es hat mich überrollt, Du hat mich regelrecht aus der Bahn geworfen, als Du mich in den Arm genommen hast, in dem Moment, wo ich mich selbst nicht mochte, wo ich zynisch, böse und gemein war.

Du hast diese Seite von mir angenommen, die ich selbst nicht leiden kann und mich ausgehalten und gehalten, hieltest mich einfach ruhig in Deinen Armen, hast mich nicht aufgegeben.

Und dann ist es einfach so passiert...

die Kälte des trostlosen Tages hast Du mit Deiner Wärme ausgelöscht. Hast meinen Verstand, der alles zerdenken wollte, auf Sparflamme gesetzt und meine Gefühle, die sich eifrig dagegen gewehrt haben, in loderndes Feuer gesetzt.

Jetzt brenne ich für Dich.

Es ist passiert... vielleicht, weil Du an diesem Tag bewiesen hast, dass Du es mit den Dämonen in mir genauso aufnimmst wie mit meinen sonnigen Seiten.

Was kann einem schöneres passieren, als geliebt zu werden, wenn man sich selbst nicht liebt?

Wenn da jemand ist, der sich nicht abschrecken lässt, der liebt – „trotz" und „wegen" mit allem „Wenn" und „Aber" – all die Facetten, die man eifrig zu verheimlichen versucht.

Und ich? Sch... bin ich verliebt!

Der Tag zieht an mir vorbei, weil er nichts Besseres zu bieten hat als die Gedanken an Dich.

Mein Bauch wird bevölkert von Heerscharen kleiner Zitronenfalter und Glühwürmchen, die sich in wilder Freude um einander tummeln, wild umherflattern.

Ich genieße es in vollen Zügen.

Ein Blick auf die Uhr, wieder eine Stunde abgehakt, wieder einen Tag abstreichen, wieder die Minuten zählen bis wir uns wiedersehen - alles an mir will zu Dir!

Du bist es, was mein Herz begehrt, pausenlos schlägt es wild aus dem Takt gebracht um sich herum, bis nur Deine Anwesenheit es wieder beruhigen kann, nur um es dann doch noch mehr aus dem angestammten Rhythmus zu bringen.

Du hast mein Innerstes nach außen gekehrt und meine Welt auf den Kopf gestellt. Mir ist schwindlig, ich kann nicht essen, nicht schlafen, könnte ständig lachen und weinen vor Glück.

Verliebt sein ist ganz schön verrückt!

Ich habe jetzt schon viel zu viel zu verlieren!

Wie schön das alles ist! Wie schön und grausam zugleich!

Manchmal ist das gefährlichste Tier für den Menschen wohl wirklich der Schmetterling...

Danke für Dich – mich und den Regen...

Deine XY

Der Mann, den ich liebe

Du hast mich so viel gelehrt.
Du hast mir so viel gezeigt – über mich selbst und das Leben.
Alles was mit Dir zu tun hat, liebe ich.
Du bringst mein Herz zum Schlagen –
wild hüpft und tanzt es umher, dank Dir.
Und das wird auch so bleiben, ganz egal, was Du tust,
mein Herz ruft nach Dir.
Weil ich Dich liebe,
weil ich Dich vom ersten Moment an geliebt habe.
Weil ich glaube, dass ich Dich schon liebte,
als Du noch gar nicht da warst.
Denn Du bist alles, was ich mir immer gewünscht habe.
Mit all Deine Ecken und Kanten,
Deinen Eigenheiten und schlechten Angewohnheiten,
mit Deinen Schattenseiten und all dem Licht, bist Du der,
den ich bedingungslos aus vollem Herzen liebe.
Egal was ich auch mache,
wie viele Abzweigungen und Irrwege ich gehe,
wie oft Du mich von Dir fort treibst,
ich lande doch wieder in Deinen Armen.
Jeder Weg, den ich gehe, führt mich zu Dir zurück.
Ist der Sinn davon nicht einfach, dass ich zu Dir gehöre?
Du kannst es nicht ändern,
auch wenn wir nicht zusammen sind, liebe ich Dich.
Du musst nicht an meiner Seite sein –
Du kannst gehen oder bleiben – ich liebe dich trotzdem!
Und auch wenn wir nie zusammen sein werden,
wenn ich mein Leben ohne Dich verbringen muss,
wenn Du Dich nicht für mich entscheiden kannst,
so wirst Du doch immer einen Platz in meinem Herzen haben.
Welche Verschwendung,
dass wir diese Liebe nicht täglich feiern!
Du kannst nichts dagegen tun,
ganz egal wo Du bist –
ob hier oder dort,
fern oder nah,
Du wirst immer ein Meilenstein in meinem Leben sein.
Du, der Mann, den ich liebe!

Meine Art des Seins

Ich will mich bei Dir sicher und gut aufgehoben fühlen.
Bevor ich Dir meine Welten zeigen kann,
musst Du mich lehren Dir zu vertrauen
und mir Deine Welt öffnen.
Ich muss wissen, dass Du mich nimmst so wie ich bin –
mit allen Ecken, Kanten und Rundungen.
Ich werde viel für Dich sein,
doch ich bin nie nur Geliebte oder Liebende.
Du musst mich als Person mit all meinen
Widersprüchen annehmen und aushalten können –
dieses Wissen brauche ich.
Ich will Deine Beständigkeit.
Das was Du heute sagst, muss ehrlich sein
und auch morgen noch Bestand haben
Deine heutigen Worte müssen sich auf
Dein morgiges Verhalten anwenden lassen.
Verwirre mich nicht,
in dem Du mir gegebene Versprechen brichst -
lass mich an allen Veränderungsprozessen teilhaben.
Ich will meine Grenzen erweitern,
wachsen und ich brauche Herausforderungen.
Manchmal möchte ich ermutigt werden,
um über meine Grenzen zu gehen,
und manchmal musst Du mich bremsen,
damit ich sie einhalte.
Ich brauche Deine Achtsamkeit,
Deine Reaktionen,
Deine Ansagen,
Deine Rückmeldungen,
um meine, Deine, unsere Grenzen
zu wahren und zu erweitern.
Ich will lernen.
Mein Geist, meine Seele sind hungrig nach Neuem.
lernen hilft mir zu der zu werden, die ich sein kann.
Zeigt mir, zu was ich fähig bin.
Lass mich durch Dich neue Sichtweisen
und Positionen einnehmen.
Sei Futter für meinen Geist und meine Seele.

Ich will Deine Zustimmung und Bestätigung.
Lass mich wissen, wenn Du mit mir oder
mit dem was ich getan habe zufrieden bist.
Lass mich wissen, dass Du zu mir gehörst,
auch wenn ich mich irre und Fehler mache.
Ich will Deine Loyalität,
auch wenn ich einmal versagt habe.
Erlaube mir meine Gefühle gemeinsam mit Dir zu sortieren
und wische mir die Tränen vom Gesicht.
Ich will auch geben dürfen.
Ich habe, obwohl ich mit Genuss nehme,
auch ein tiefes Bedürfnis zu geben und
muss dieses Bedürfnis ausleben können.
Ich muss beide Seiten leben.
Es entspricht meiner Natur
und ist Quelle meiner Sinnlichkeit und meines Seins.
Ich will spüren, dass Du meine Hingabe niemals als Schwäche
und meine Dominanz niemals nur als Stärke auslegen wirst.
Schenke mir Dein Vertrauen.
Vertraue mir so,
dass Du Deine Ängste,
Fehler und Unsicherheiten mit mir teilen kannst.
Diese Fähigkeit auch stark schwach zu sein
wird Dich für mich einzigartig und
unverwechselbar einmalig sein lassen.
Ich will Deine Aufrichtigkeit.
In einer Welt des Scheins, der Lügen
und der Selbstverleugnung will ich die Gewissheit,
dass Deine Worte, Deine Gedanken, Deine Gefühle
wahr sind.
Immer und in jeder Situation.
Dies, und nur dies, gibt mir die Ruhe
und die Sicherheit für mein Bleiben und mein Gehen,
für mein Halten und für mein Loslassen.
Ich will Dein Lachen,
damit mein Lachen sich entfalten
und uns umfangen kann.

Das und nur das ist meine Art des Seins!

Die Wahrheit über meine schlaflosen Nächte und das Schreiben

Ich kann nachts nicht schlafen – nicht immer, aber allzu oft. Manchmal hat das ganz profane Gründe: der Hund beschließt, dass es um 2 Uhr Zeit wäre mal raus zu gehen und danach mit seinem Quietschetier zu spielen oder irgendwer schreibt mir eine Nachricht – prompt bin ich wach und kann nicht mehr einschlafen.

Manchmal steht auch mein Lieblingsmensch kilometerweit entfernt mitten in der Nacht auf und warum auch immer, als ob mein Körper einen Radar dafür hätte, bin auch ich wach. Das ist unerklärlich, ist aber so.

Apropos mein Körper – der hat sowieso ganz eigene Vorstellungen vom „müde sein". Ich bin ein Nachtmensch, ich werde normal erst gegen 22:30 Uhr wach (das habe ich von meiner Oma geerbt, die um diese Zeit noch anfängt Kuchen zu backen), aber erschwerend hinzu kommt, dass mein Körper den ganzen Abend müde zu sein scheint, nur sobald mein Kopf das Kopfkissen berührt, bin ich WACH. Leider ist das gerade unter der Woche nicht gerade sonderlich hilfreich, wenn es dann so scheint, als ob meine Gedanken in meinem Kopf „Macarena" tanzen.

Also bin ich mal wieder schlaflos und höre Musik oder lese. Und allzu oft begegnet mir dann eine Liedzeile, ein Zitat, ein Text, um die sich dann meine Hirnwindungen drehen. An Schlaf ist jetzt erst recht nicht mehr zu denken und ich kann nicht anders, als nach dem Notizbuch zu greifen, das wohlwissend schon neben dem Bett liegt, um aufzuschreiben, was meine Gedanken zum Rotieren bringt.

Tatsächlich ist es so, dass die Worte dann nur so aus mir heraussprudeln, mich überwältigen, ein Ventil suchen, um aufs Papier zu kommen. Sobald ich mein „Gedankengerüst" aufgeschrieben habe, herrscht Ruhe, bin ich unendlich erleichtert, dann wird's auch was mit dem Schlaf – nur manchmal braucht es halt etwas länger bis alles sortiert ist – aber das ist wohl mein Schicksal – Fluch und Segen zugleich! Doch würde mir nachts nicht so viel durch den Kopf gehen und ich nicht an Schlaflosigkeit leiden, dann gäbe es auch meine Bücher nicht und das, das wäre irgendwie traurig.

Meine Gedanken drehen sich um so vieles des Nachts.

Sie beschäftigen sich mit Menschen und Dingen, die kommen und gehen, um Sinn und Unsinn der Wege, die das Schicksal manchmal so nimmt (ich finde ja immer noch, dass das Schicksal ein riesiges Arschloch sein kann), ich erinnere mich an Zeiten, wo ich ganz oben und ganz unten war, daran, worum sich meine Gedanken immer so drehen und wer mir den Kopf verdrehte. In manchen Nächten fühle ich mich stark, selbstbewusst, in anderen klein und verwundbar. Ich sinniere über Hass und Liebe, Selbstliebe und Selbstmitleid, Freunde und Familie und vor allem mich.

Es gibt Nächte, da will ich einfach nur weg – weg von allem was mein Leben ausmacht. Dann wäre ich gerne jemand anderes, weiß aber auch nicht so recht, wer genau ich sein will.

Ich grübele über meinen Stolz nach, über die, die ihn verletzt haben und warum das wohl so war. Ich frage mich, wann ich denn endlich anfangen will mein Leben zu leben? Wann kommt denn mein „das mache ich irgendwann"? In manchen Nächten zweifle ich an mir und an allen anderen – und ich verfluche jeden Zweifel, der sich in die Gedanken schleicht. Es gibt Nächte, da glaube ich an nichts mehr, noch nicht mal mehr an die Liebe. Viel zu oft bin ich wegen ihr schon mit wehenden Fahnen untergegangen. Aber weißt Du was? Ich würde es wieder tun! Jederzeit wieder würde ich mich für die Liebe fallen lassen – ohne Netz und doppelten Boden!

Manchmal bin ich ganz sensibel und manchmal poltere ich durch solche Nächte. Dann habe ich so viel zu „sagen", so viel, das nach draußen muss, das „eine Bühne braucht" – also schreibe ich…

schreibe mir all die Zweifel, Verletzungen, Gedanken und den Kummer von der Seele, um schlafen zu können, schließe vor allen Fragen, die mich umtreiben, die Augen und habe doch Angst davor einzuschlafen, weil mich die Alpträume einholen könnten. In diesen Nächten bin ich müde – nicht nur körperlich. Ich bin müde davon, das alles mit mir herumzutragen – deswegen muss es raus, auf Papier, damit ich schlafen kann. Mit der Leere in mir habe ich ganze Bücher vollgeschrieben.

Und es gibt diese Nächte, in denen ich an nichts außer an Wunder glaube. Dann bin ich davon überzeugt, dass Träume wahr werden, dass es die große Liebe gibt, ich weiß, dass Wünsche in Erfüllung gehen. Mein Bauch kribbelt, weil kleine Glühwürmchen fliegen und es überhaupt nichts zu hinterfragen gibt. Das Leben und die Liebe – sie scheinen so einfach, so herrlich unkompliziert in diesen Nächten.

Ich könnte die ganze Welt umarmen, Glitzer und Konfetti streuen und den, den ich liebe mitten in der Nacht anrufen, nur um ihn zu sagen, dass es so ist. Mein Herz sprudelt über vor Glück und Liebe und all den ♥ ♥ ♥. Alles scheint so klar und selbstverständlich in so einer Nacht. Nichts hält mich vom Leben ab – also schreibe ich…
schreibe mir all die Glücksgefühle und Endorphine von der Seele, um schlafen zu können. Ich habe nichts zu fragen, weil ich keine Antworten brauche. Dann schließe ich die Augen nur, um daran zu glauben, dass alles gut ist und das, was noch nicht gut ist, gut wird.

An nichts außer an Wunder glaube ich in diesen Stunden. Ich warte mit offenen Armen auf den Schlaf, weil ich weiß, dass er mich selig schlummern lassen wird. Nichts ist perfekt und doch alles vollkommen. In diesen Nächten bin ich müde – rein körperlich. Ich bin müde, weil mich die Glückshormone nicht schlafen lassen. Und damit sie aufhören in mir zu blubbern, schreibe ich… schreibe auf, was mir auf der Seele brennt.

In diesen Nächten liegt das Vollkommene im Unperfekten.

Das Vollkommene liegt im Unperfekten

In meiner Brust schlägt nicht nur ein Herz, ich bin der Widerspruch in Person. Ich bin laut, kann aber auch ganz leise. Ich kann der Mittelpunkt auf jeder Party sein, liebe es aber genauso in aller Stille am Wasser zu sitzen. Ich brauche „die große Bühne" und einen Rückzugsort nur für mich. An manchen Tagen sprudele ich über vor Lebenslust, an anderen bin ich melancholisch und sentimental. Ich kann die Liebenswürdigkeit und Fürsorge in Person sein, bis man mich als Zicke und Kackbratze kennenlernt. Während wir heute noch auf den Tischen tanzen, mag ich morgen vielleicht im Bett bleiben und mir die Decke über den Kopf ziehen. Ich liebe laute Livebands, die gute Rockmusik spielen, aber ein Mann mit Gitarre macht mich unendlich glücklich. Wenn ich singe, dann laut (genug Resonanzkörper ist ja da), dann wieder bevorzuge ich die Stille. Ich habe so viel zu erzählen und manchmal nichts zu sagen. Einmal will ich mich ins Leben stürzen, dann wieder nur ein Buch lesen. Ich gehe aus mir heraus, obwohl ich schüchtern bin. Manchmal nerven mich Menschen einfach nur und dann wieder kann ich nicht alleine sein. Ich bin Himmelhochjauchzend und zu Tode betrübt. Der Optimismus in Person und eine Schwarzmalerin. Ich bin Lebensfreude pur, gepackt von emotionalen Verstimmungen. Die Zuverlässigkeit in Person und absolut unzuverlässig. Mir kann man Vertrauen, wenn ich mir selbst traue. Ich vertraue nichts und niemanden, noch nicht mal mir selbst und bin blauäugig und naiv. Ich habe Verlassensängste, während mich ein „Gehen" nur für kurze Zeit aus der Bahn wirft. Ich bin gerne alleine, brauche aber genauso meine Freunde und Lieblingsmenschen, ohne die ich verkümmern würde. Mit meiner Charmeoffensive kann ich Eisberge zum Schmelzen bringen und ich kann so kalt sein, dass man neben mir erfriert. Ich bin eine hoch emotionale Gefühlsbombe, während ich manchmal gar nichts spüre. Mein Singleleben genieße ich und vermisse den Mann an meiner Seite. Ich liebe Worte, auch wenn sie mir manchmal fehlen – ich bin der Widerspruch in Person.
Und zu all den Widersprüchen, die da in mir toben, kommen noch die Facetten meiner Persönlichkeit.

Manchmal bin ich herrlich albern und ungezwungen, wie ein kleines Kind, das die Welt neu entdeckt. Dann streife ich alle alte Erfahrungen und Verletzungen ab, vergesse kurzfristig „erwachsen" zu sein, bin herrlich blauäugig und erfrischend naiv. Wenn Dich mal wieder eine Kitzelattacke ereilt oder ich aus dem Kichern nicht mehr herauskomme, hat das Kind in mir die Oberhand gewonnen.

Ich kann eine völlig übertreibende Drama Queen sein – darüber wie ich es schaffe aus einer Mücke einen Elefanten zu machen, habe ich ja schon berichtet. Ich kann mich hervorragend in Dinge hineinsteigern und im Hineininterpretieren bin ich Weltklasse – ich verursache Drama, Baby!

Außerdem wohnt mein kleines, dickes Wildpony in mir. Mein Wildpony ist für meinen Gefühlshaushalt zuständig. Ab und an, geht es mal mit mir oder wahlweise auch Dir durch, dann wieder senkt es zufrieden grasend den Kopf und lässt sich zwischen den Ohren kraulen. Es will gezähmt, gebändigt sein und dabei seine Freiheit genießen. Mein Wildpony steigt und tritt nach Dir, wenn Du seine Emotionen hochkochen lässt und buckelt wild vor Lebensfreude, wenn es grenzen- und problemlos über die weite Steppe galoppieren kann. Mein Wildpony ist mir von meinen Facetten am nächsten. Wer es schafft, es zu bändigen ohne es seiner Freiheit zu berauben, dem gehört mein Herz.

Dann lebt noch das Miststück in mir. Das Miststück kann arrogant, vorlaut, frech und gemein sein. Es ist eine Zicke und noch größere Kackbratze. Nichts lässt sie sich gefallen – gar nichts. Sie wütet. Mit intelligenter Schärfe würzt sie Gespräche, steckt voller Ironie und Sarkasmus. Mein Miststück meldet sich zu Wort, wenn die Sexualhormone blubbern, frage nicht... (aber ich musste versprechen, dass dieses Thema in diesem Buch nicht zur Sprache kommt – also frage wirklich nicht!). Das Miststück lässt mich manchmal Dinge tun, wo selbst ich mich frage: „Hab ich das jetzt wirklich gemacht oder gesagt?"

Ich bin ein Vollblutweib! Das ist in mir seit wir die kleine, dicke Frau hinter uns gelassen haben. Ab und an vergesse ich diese Verwandlung, dann tritt es mir kräftig in den Prachtarsch. Das Vollblutweib ist durch und durch Frau – sinnlich, weiblich, emotional. Es vereint alle positiven Eigenschaften der anderen Facetten in sich und lässt mich mit mir selbst im Reinen sein. Das Vollblutweib ist charmant, liebenswert, schlagfertig, selbstbewusst, sinnlich, gespickt mit einem Schuss Erotik.

Und dann, dann gibt es da auch noch mich – einfach „nur" mich. Ich bin wie ich bin – gut, so wie ich bin – ausgefüllt und erfüllt mit all meinen Widersprüchen und Facetten.

Ich habe gelernt mit meinen schillernden Farben und düsteren Grautönen, die manchmal bis ins Schwarz reichen, umzugehen, sie schätzen und sogar lieben gelernt. Wer mich nicht leiden kann, hat Pech gehabt, wer mich liebt bekommt mich mit allem, was ich zu geben habe.
Seit ich angefangen habe, mich zu akzeptieren – mit allen Ecken, Kanten und Rundungen, mit all den inneren und äußeren Fehlerscheinungen und Vorzügen, mit all dem, was mich liebenswert, einzigartig und besonders macht, seitdem weiß ich erst wer ich bin und vor allem, wer ich nicht mehr sein möchte. Und dabei geht es nur um mich und nicht mehr darum, wie mich irgendjemand haben möchte – ich bin ich!

Ich bin an mir und mit mir gewachsen – ich bin vollkommen… vollkommen unperfekt!

Diese Vollkommenheit und das Unperfekte anzunehmen, das ist immer noch das vollkommen perfekte Chaos – immer wieder! Das ist Chaos und das ist Freiheit! Schon wieder so ein schöner Widerspruch…

Wenn ich Dir heute ein Fazit aus all dem mitgeben darf, was ich in den letzten Jahren lernen durfte und was man mich gelehrt hat, dann fasst es ein Satz zusammen:

Das Vollkommene liegt im Unperfekten!

Gönne Dir die Freiheit unperfekt zu sein! Jeden Tag aufs Neue! Danke fürs Lesen, Deine *Frau R.*

In meinen Worten...

–alles gesagt.

Heute ist ein perfekter Tag,
um damit anzufangen
unperfekt zu sein
und das Leben zu lieben!

(Frau R.)

Danke an die,
die mich zu diesem Buch
inspiriert haben.

Jeder auf seine Weise…

Die Autorin

Frau R. ist gebürtige „Spessarträuberin" und lebt heute in dem idyllischen Weinort Obereisenheim am Main.

Oft kann sie nachts nicht schlafen, dann schreibt sie.

Wenn die Wörter ein Ventil finden und aus ihr heraussprudeln, wenn alles zu Papier gebracht ist, was ihre Gedanken umtreibt, dann findet sie Erleichterung, Ruhe und Schlaf.

Das Schreiben ist ihre Therapie, ihre Nachtgedanken sind ihre Leuchtstreifen in der Nacht.

So entstehen nicht nur ihre Nachtgedanken, sondern ganze Bücher, denn sie hat bereits die Erzählung „Wenn ein Fremder Schneewittchen wach küsst…" und den Roman „Mit rasierten Beinen spricht sich's besser!" veröffentlicht.

Mehr über Frau R. erfährt man unter www.frau-r.de